人文阅读与收藏·良友文学丛书

舒乙题

原丛书主编：赵家璧

特 邀 顾 问：舒　乙　赵修慧　赵修义　赵修礼　于润琦

出 品 人：马连弟
监　　制：李晓琤
执　　行：张娟平
统　　筹：吴　晞　姚　兰
装帧设计：赵泽阳

特别鸣谢（按姓氏笔画排列）：
韦　韬　叶永和　李小林　沈龙朱　陈小滢　杨子耘
张　章　周　雯　周吉仲　舒　乙　蒋祖林　施　莲
姚　昕　俞昌实　钟　蕻　郑延顺　赵修慧
以及在版权联系过程中尚未联系到的作者或家属

特别鸣谢：
上海鲁迅纪念馆
北京鲁迅博物馆
北京大学中国语言文学系
复旦大学中国语言文学系
中国作家协会权益保障委员会

人文阅读与收藏·良友文学丛书

燕郊集

俞平伯 著

中国国际广播出版社

良友版《燕郊集》精装本封面

良友版《燕郊集》精装本护封

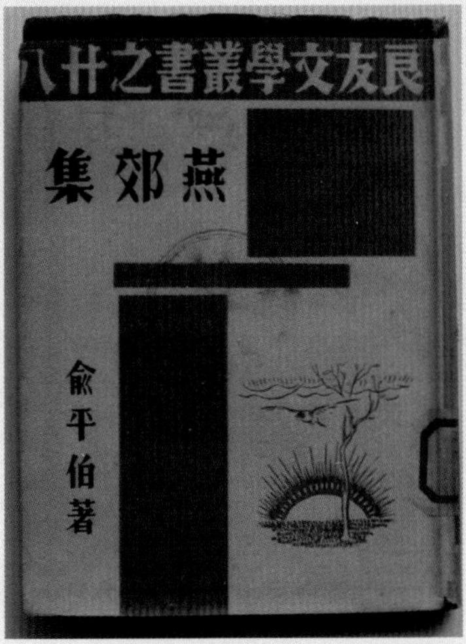

良友版《燕郊集》扉页

良友版《燕郊集》编号页

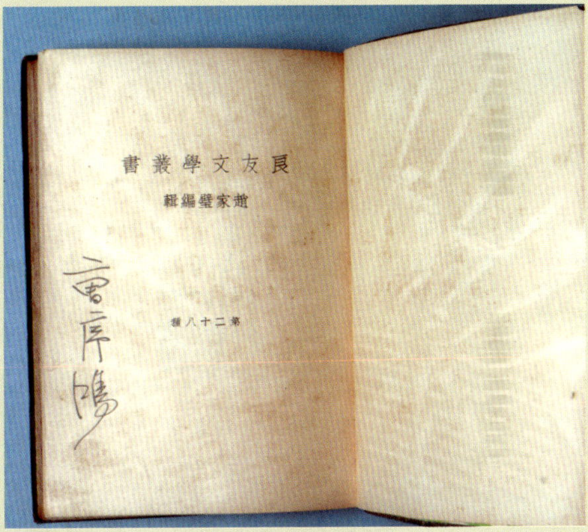

良友版《燕郊集》版权页和目录页

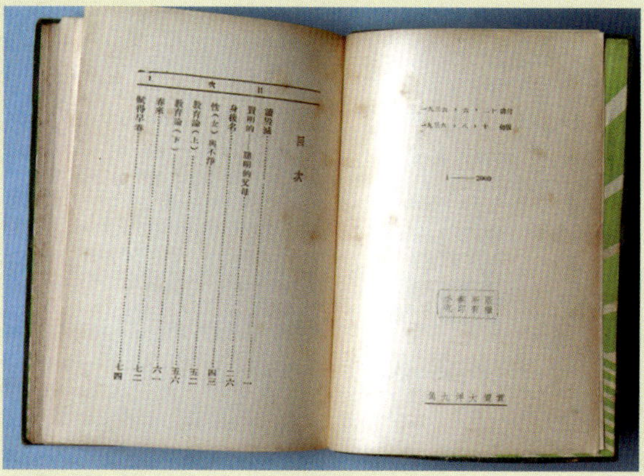

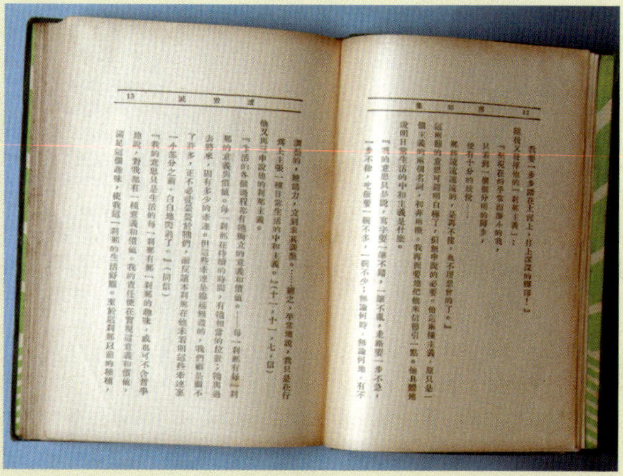

良友版《燕郊集》内文

《良友文学丛书》新版出版说明

二十世纪三四十年代，著名编辑赵家璧在上海良友图书公司老板伍联德的支持下，历经十余年，陆续出版《良友文学丛书》，计四十余种。其中三十九种在上海出版，各书循序编号，后出几种则无。该套丛书以收入当时左翼及进步作家的作品为主，也选入其他各派作家作品。其中小说居多，兼及散文和文艺论著；第一号是鲁迅的译作《竖琴》。丛书一律软布面精装（亦有平装普及本），外加彩印封套，书页选用米色道林纸，售价均为大洋九角。

《良友文学丛书》选目精良，在现在看来，皆为名家名作；布面精装的装帧更是被许多爱书人誉为“有型有款”。不可否认，在装帧设计日益进步的当下，这套出版于二十世纪三四十年代的丛书外形已难称书中翘楚，但因岁月洗汰，人为毁弃，这套曾在出版史上一度“金碧辉煌”过的丛书首版已然成为新文学极其珍贵的稀见“善本”。

在《良友文学丛书》首版八十周年之际，为满足现代普通读者和图书馆对该丛书阅读与收藏的需求，我们依据《良友文学丛书》旧版进行再版（四种特大本不在其列）。本着尊重旧版原貌的原则，仅对旧版中失校之处予以订正。新版《良友文学丛书》采用简体横排的形式，以旧版书影做插图，装帧力求保持旧版风格，又满足当下读者的审美趣味。希望这一出版活动对缅怀中国出版前辈们的历史功绩和传承中国文化有所裨益，也希望广大读者多提宝贵意见和建议，以便我们把日后的工作做得更好。

《良友文学丛书》新版校订说明

一、本丛书收录原良友图书公司编辑赵家璧主编《良友文学丛书》共四十六种（四种特大本不在其列），乃为目前发现且确系良友版之全部。

二、此番印行各书，均选择《良友文学丛书》旧版作为底本，编辑内容等一律保持原貌，未予改窜删削。

三、所做校订工作，限于以下各项：

（1）将繁体字改为简体字；

（2）原作注释完全保留；

（3）尽量搜求多种印本等资料进行校勘，并对显系排印失校者在编辑中酌予订正；

（4）前后字词用法不一致处，一般不做统一纠正；

（5）给正文中提到的书籍和文章及其他作品标上书名号，原作书名写法不规范、不便添加符号者，容有空缺；

（6）书名号以外其他标点符号用法，多依从作者习惯，除个别明显排印有误者外均未予改动。

目　次

读毁灭

一

从诗史而观，所谓变迁，所谓革命，决不仅是——也不必定是推倒从前的坛坫，打破从前的桎梏；最主要的是建竖新的旗帜，开辟新的疆土，超乎前人而与之代兴。这种成功是偶合的不是预料的，所以和作者的意识的野心无多关系。作者在态度上正和行云流水相仿佛的。古代寓言上所谓象罔求得赤水的玄珠，正是这个意思了。

自从用口语入诗以来，已有五六年的历史；现在让我们反省一下，究竟新诗的成功何在？自然，仅从数量一方面看，也不算不繁盛，不算不热闹了；但在这儿所谓“成功”的含义，决不如是的宽泛。我们所要求，所企望的是现代的作家们能在前人已成之业以外，更跨出一步，即使这些脚印是极纤微而轻浅不足道的；无论如何；决不是仅仅是一步一步踏着他们的脚跟，也决不是仅仅把前面的脚迹踹得凌乱了，冒充自己的成就的。譬如三百篇诗以后有《楚辞》:《楚辞》是独立的创作物，既非依放三百篇，也非专来和三百篇抢做诗坛上的买卖的，乐府变而为词，词变而为曲；虽说在文学史上有些渊源，但词曲都是别启疆土，以成大国的，并不是改头换面的五七言诗。

以这个立论点去返观新诗坛，恐不免多少有些惭愧罢，我们所有的，所习见的无非是些古诗的遗蜕译诗的变态；至于当得起“新诗”这个名称而没有愧色的，实在是少啊。像我这种不留余地的概括笼统的指斥，诚哉有些过火了，我也未始不自知。但这种缺憾，无论如何总是一种不可否认的事实，即使没有我所说的那么利害。

又何必说这题外话呢，我觉得这种偷窃模仿底心习，支配了数千年的文人，决不能再让它来支配我们，我们固然要大旗，但我们更需要急先锋；我们固然要呐喊，但我们更需要血战；我们固然要斩除荆棘，但我们更需要花草的栽培，这不是空口说白话所能办的，且也不是东偷一鳞，西偷一爪所能办的，我觉得在这一意义上，朱自清先生《毁灭》一诗便有称引的价值了。

二

如浮浅地观察，似乎《毁灭》一诗也未始不是“中文西文化，白话文言化”[①] 的一流作品；但仔细讽诵一下，便能觉得它所含蓄着，所流露着的，决不仅仅是奥妙的“什么化”而已，实在是创作的才智的结晶，用联绵字的繁多巧妙，结句的绵长复叠，谋篇的分明整齐，都只是此诗佳处的枝叶；虽也足以引人欢悦，但究竟不是诗中真正价值之所在，若读者仅能赏鉴那些琐碎纤巧的技术，而不能体察到作者心灵的幽深绵邈；这真是“买椟还珠”，十分可惜的事。

况且，即以技术而论，《毁灭》在新诗坛上，亦占有很高的位置，我们可以说，这诗的风格意境音调是能在中国古代传统的一切诗词曲以外，另标一帜的。在中国古代诗歌中，有与《毁灭》相类似的吗？恐怕是很少，论它风格的宛转缠绵，意境的沈郁深厚，音调的柔美凄怆，近于《离骚》。但细按之，又不相同，约举数端如下：

（1）《离骚》引类譬喻，《毁灭》系直说的。

（2）虽同是繁弦促节，但《离骚》之音哀而激壮，《毁灭》之音凄而婉曼。（一个说到“从彭咸之所居”，而一个只说“还原了一个平平常常的我”，态度不同，故声调亦异。）

（3）《离骚》片段重叠，《毁灭》片段分明。

① 见冰心《遗书》。

至于思想上，态度上，他们当然是不同的，也不用说了。

后来还听见一种批评，说它有些像枚乘《七发》。单就结构而论，也未始没有一部分的类似。但《七发》全系平铺直叙，名为“曲终奏雅”，而实是结以老生常谈。《毁灭》则层层剥露转入深微，方归本旨，固非汉代赋家劝百讽一的故态。而且一个是块段的铺填，一个是纹理的刻画，设彩虽同，技巧则迥异。何况意想上，一个杂有俳优的色彩，一个是严肃的生之叫音呢。

再以现在诗坛中的长诗，来和《毁灭》相比较，也能立时发见它们的不同，现时的长诗的作法，以我看来，不外两种：（一）用平常的口语反复地说着，风格近于散文。（二）夹着一些文言，生硬地凑着韵，一方面是译诗，一方面是拟古。举例呢，可以不必，我想读者们对于这些作品或者已熟识了；即使不熟，要找来一证亦非难事。他们的优劣原不好说。以我的偏见，宁可做不成，不必勉强做。

第一种的长诗的作法，我承认这是正当的；不过因才力的薄弱，结果仿佛做了一篇说理叙事的散文，即使他自己是不肯承认。其实本想做诗后来做了一篇散文，也没有甚么要紧，但在一般诗人心中或以为重大。诗应当说理叙事与否是一事，现在的说理叙事的诗是否足以代表这种体裁又是一件事，有些批评者对于这点上似不清晰；有些呢，虽承认这个区别，但又固执地以抽象和具体的写法来分别诗的优劣。我觉得这种判断，未免笼统而又简单了。

从文学史上看，我们总不能排斥说理叙事的作品在诗的门外罢？无论中国与西洋，诗总不是单纯抒写情感，描写景物的，这大家也该承认罢？现在诗坛之不振，别的原因不计，我想总有两个原因：（一）大家喜欢偷巧，争做小诗。（二）“诗人非做诗不可”这个观念太强烈，不肯放开手去写。关于第一点，《毁灭》的作者已在《短诗与长诗》这篇评论中说得很饱满了。（见《诗》一卷四号）他说：

> 有时磅礴郁积，在心里盘旋回荡，久而后出；这种情感必极其层层叠叠，曲折顿挫之致。……这里必有繁音复节，才可尽态极妍，畅所欲发；于是长诗就可贵了。

这真把他自己作长诗的精神充分写出了。我们看了《毁灭》觉得佩弦确是“行顾其言”，不是放空大炮不敢开仗的人。《毁灭》一篇，在这意义上，也有解析称引一番的价值。

第二种的长诗是现在新近流行一种诗式，句法较为整齐，用韵较为繁多，郭沫若《女神》中有几篇诗已有这个倾向，而最近如田汉徐志摩所作，这种色彩尤为明显。至于好不好呢，在作者有他的自由，在读者有他的偏好，原是不能断定的。我却以为如做得不好，很容易发生下列三项的毛病。（我自然不说这里边不会发生好诗。）

（1）句法的不自然。

（2）韵脚的杂凑生硬。

（3）文言白话的夹杂。

这种从词曲或西洋诗蜕化成的诗形，我只认它是一种“遗形物”，偶一为之则可，不相信是我们的正当道路。我们的路须得由我们自己去走，这是我的信念。

现在离题已太远了。上列的两种长诗，互有短长，与《毁灭》都不相似。下面归到本题。

三

上节从各方面作比较，《毁灭》的价值也因此稍显明了。佩弦作长诗原有他自己的一种特异的作风，如《转眼》《自从》等诗都是的，不过在《毁灭》把这种风格格外表现得圆满充足，这诗遂成为现在的他的代表作。我自信对于这诗多少能了解一点——因我们心境相接近的缘故——冒昧地为解析一下。有无误解之处，当俟读者与作者的指正。

全诗共分八节。中间六节罗列各种诱惑的纠缠而一层一层的加以打破。作者的主旨在首尾的两节中，故这两节尤为重要。第一节说明自己的病根：

白云中有我，天风的飘飘；
深渊里有我，伏流的滔滔；
只在青青的，青青的土泥上，
不曾印着浅浅的，隐隐约约的我的足迹！

又说明自己的怅惘——身世之感：

在风尘里老了，
在风尘里衰了，
仅存的一个懒恹恹身子，
几堆黑簇簇的影子！

第八节则把解决的方法全盘托出。他先说明他的“日常生活的中和主义”：

摆脱掉纠缠，还原了一个平平常常的我。
……………………
我要一步步踏在土泥上，打上深深的脚印！

随后又发挥他的“刹那主义”：

但现在的平常而渺小的我，
只看到一个个分明的脚步，
便有十分的欣悦——
那些远远远远的，是再不能，也不理想会的了。

这两节的意思可谓明白极了，似无申说的必要。他这两种主义，原只是一个主义的两个名词，初非两橛。我再扼要地把他来信节引一点。他具体地说明日常生活的中和主义是什么。

我的意思只是说，写字要一笔不错，一笔不乱，走路要一步不急，一步不徐，吃饭要一碗不多，一碗不少；无论何时，无论何地，有不调整的，总竭力，立刻求其调整。……总之，平常地说，我只是在行为上主张一种日常生活的中和主义。（十一，十一，七，信）

他又再三申说他的刹那主义。

生活的各个过程都有它独立的意义和价值。——每一刹那有每一刹那的意义与价值。每一刹那在持续的时间，有它相当的位置；它与过去将来，固有多少的牵连。但这些牵连是绵延无尽的，我们顾是顾不了许多，正不必徒萦萦于它们，而反让本刹那在他未看明这些牵连里

一小部分之前，白白地闪过了。(同信)

我的意思只是生活的每一刹那有那一刹那的趣味，或也可不含哲学地说，对我都有一种意义和价值。我的责任便在实现这意义和价值，满足这个趣味，使我这一刹那的生活舒服。至于这刹那以前的种种，我是追不回来，可以无庸过问；这刹那以后还未到来，我也不必多费心思去筹虑。……我现在是只管一步步走，最重要的是眼前的一步。(十二，一，一三，信)

要说明他这种人生观是很长的，在这篇当然不能包举，所以即此为止了。但即使所称引的是这般简略，我想读者们已可以看见作者对于生活的意念及其对于人生问题的思索。他把一切的葛藤都斩断了，把宇宙人生之谜不了了之，他把那些殊涂同归的人生哲学都给调和了。他不求高远只爱平实，他不贵空想，只重行为；他承认无论怎样的伟大都只是在一言一语一饮一食下工夫。现代的英雄是平凡的，不是超越的；现代的哲学是可实行的，不是专去推理和空想的。他这种意想，是把颓废主义与实际主义合拢来，形成一种有积极意味的刹那主义。他观察人生和颓废者有一般的透彻；可是在行为上，意味却迥不相同了。看第六节上说：

况我也终于不能支持那迷恋人的，只觉肢体的衰颓，心神的飘忽，便在迷恋的中间，也潜滋暗长着哩！真不成人样的我，就这般轻轻地速朽了么？不！不！

他反对这种颓废的生活，共有三个理由：（一）现实不容你不理它。（二）迷恋中间仍有烦闷暗暗地生长着。（三）自己不甘心堕落在这种生活中间。这是读《毁灭》之后人人可以觉到的。他给我的信上也说：

……他不管什么法律，什么道德，只求刹那的享乐，回顾与前瞻，在他都是可笑的。这正是颓废的刹那主义。我意不然！我深感时日匆匆的可惜，自觉从前的错误与失败，全在只知远处，大处，时时只是做预备的工夫，时时不曾做正经的工夫，不免令人有不足之感！（十一，十一，七，信）

颓废的生活，我是可以了解的；他们也正是求他们的舒服，但他们的舒服实在是强颜欢笑；欢笑愈甚，愈觉不舒服，因而便愈寻欢笑以弭之；而不舒服必愈甚。因为强颜的欢笑愈甚与实有的悲怀对比起来，便愈显悲哀之为悲哀，所以如此。（十二，一三，信）

这些话尤其痛快，更无解释之必要了。所以他所持的这种“刹那观”，虽然根柢上不免有些颓废气息，而在行为上却始终是积极的，肯定的，呐喊着的，挣扎着的。

他决不甘心无条件屈服于悲哀的侵袭之下，约言之，他要拿这种刹那观做他自己的防御线，不是拿来饮鸩止渴的。他看人生原只是一种没来由的盲动，但却积极地肯定它，顺它猝发的要求，求个段落的满足。这便是他惟一的道路。其余的逃避方法，如火热的爱恋，五色云里的幻想，玄冥像伏流一样的沈思，迷迷恋恋的颓废生活，小姑娘的引诱大力士的压迫的死，……都只是诱惑的纠缠，都只是迷眩人的烟尘而已。他虽不根本反对这些麻醉剂，但他却明白证明它们的无效。无效这两个字，已足毁灭那些诱惑而有余了。所以我说佩弦的刹那主义是中性的，是肯定人生的，（他说，"对我有一种趣味"）是能见之行事的。这三个特色正是近代科学的特色。别人对于这个有何批评，我不知道；我自己呢，得益已多，故不能默然而息。回忆在去年春我即有这种感想，常和佩弦说："我们要求生活刹那间的充实。我们的生活要如灯火集中于一点，瀑流倾注于一刹那。"但何谓充实？怎样方能充实呢？我当时可说不出来，但他却已代我明白地喊出了。在今年一月十三日的信里，他还有几句很痛快的话：

我只是随顺我生活里每段落的情意的猝发的要求，求个每段落的满足，因为我既是活着，不愿死也不必死，死了也无意义；便总要活得舒服些。为什么要舒服是无庸问的，问了也没人能答的，直到永远？只是要舒服吧了。至于怎样叫做舒服，那可听各人自由决定。我意就是“段落的满足。”……

人生问题在我们心中只是这么一个样子。（我冒昧地代他说话。）

“你为什么活着呢？”

“我已经活着了，我且愿意活着。”

“你怎样活着呢？”

“我愿意怎样活着便怎样活着。”

这原来简陋得可笑，且不值得哲学家一笑的。可是我们决不能硬把明白单纯的化为艰深繁复，这真是没奈何的事情。渺小的我们，一生中的大事，只是认定“什么是我们的愿意！”这真是容易极了。在我们却也不见得很容易呢。

总之，《毁灭》这诗所给我们的至少有两个极重要的策略，在人生的斗争方面：第一个是“撇”字，第二个是“执”字，撇是撇开，执是执住，凡现在没有人能答的，答了等于没答的问题，无论大的小的，新的老的，我们总把它们一起撇开，且撇得远远远远的，越远越好。因为这些问题，我们既不能答，答了也无用；这简直是本来未成问题。即勉强要列入，也总归是个愚问，何如不答为佳。远远的将来时代我们原不能逆料，但我们留些问题给他们，也未必即是偷懒，也未必即是无用。宇宙间一切的问题，我们想包办不成？

至于执字，却更为重要。我们既有所去，即不能无所取。取什么呢？能答的问题，愿答的问题，必要答的问题，这三项，我们不但要解决它们，且要迅速地充足地解决它们。再说清楚一点，我们要努力把捉这现在。刹那主义的所谓刹那，即是现在这一刹那。这一层意思，他也说得极为圆满：

> 我觉我们现在的生活里，往往只怅惘着过去，忧虑着将来，将工夫都费去了，将眼前应该做的事都丢下了，又添了以后怅惘的资料。这真是自寻烦恼。……譬如我现在写信，我一心只在写信上，更不去顾虑别的，耽误了我的笔，我要做完了一件才去想别件；我做一件，要做得无遗漏，不留那不必留的到以后去做；因为以后总还有以后的事。（十二，一，一三，信）

你如把今天的事推到明天，可是明天有明天的事呢？我们既肯定生活，——即使懒懒地活着，——就不能没有“执着”。希望一方面营生活，而又要屏去一切的执着，这完全是绮语，不但我们决不信，且这即使是可能，我们也觉得毫无所取。生活原是一种执着，我们既然已经活着，就不得不执着。我们所喜悦的只是老实而平常的话语。伟大的声音，在弱小的弦上不起共鸣；因此弱小忘了它的弱小，而伟大也无从见它的伟大。我们很相信，如自己肯承认是痴子，即使不是聪明人，也总可以少痴一点。

“撇开”是专为成就这个“执着”的。因为如不撇开那些纠缠，则有所牵萦，便不能把捉这生命的一刹那，便不能使现在的生活充实而愉快。老子说得最好：“无之以为用。”这就是《毁灭》的根本观念。必摆脱掉纠缠，然后才能还原了一个平平常常的我。《毁灭》便是生长。《毁灭》正是一首充满了积极意味的诗。我谨以此语贡献于读者诸君，不知是否有当于作者的原意，有当于读者们之心否？

四

我们要充分了解一件作品，除研诵本文以外，不能不略考作者的身世——成就作品的境遇。《毁灭》的中心思想既有如上所述；但这种思想意念决非突然而来，且非单纯地构成的。无论何等高远的思想，其成因必在日常生活上面很微细的事情。所以玄言哲理从表面上看，极崇高而虚浮；从骨子里看，极平常而切实，哲学只是从生活事情反映出来的（从文字谈说两方面传钞来的，只是门面话，不得谓为真的哲学。）一种倾向，一种态度；所以人人应当有的，人人必然有的，不算什么希罕事，若过于把它看得高大，则离真相便愈远了，故我希望读《毁灭》的人也只作如是观。

波特来尔说得好："生命是一座医院。"所以哲学，如老实讲起来，只是治病的药方。（药方的好坏当然看治病的能力而定，不能看它药名的多少，签字医生的名气。）凡好的，真的哲学必是能治病的——能治一人一时的病——换过来说，就是哲人都是病人。我们对于一切的慧观，实在只是呻吟罢了！文化是一个回波，当人生感到不幸的时光，斗然奔沸着的。

除思想上的影响不计外，《毁灭》作者的病源，我所知及他自己说过的，至少有两个：家庭的穷困冲突与社会的压迫。这是凡读到《毁灭》第七节都可以知道的。我们读《笑的历史》，（《小说月报》第十四卷第六号）至少能领会一些。这使他感受无限的隐痛，养成他的一种几乎过敏的感受性，和凄怆眷恋的气息，往往从他的作品中表现出来。周君志伊的《读毁灭》有句话说得很恰当："……不是狂吼，不是低吟，只轻轻地带着伤痕似的曼声哀叹……"我意亦正是如此。

佩弦为人柔而不弱。我们只听他被家庭社会两重的压迫以后所发出的声音，可见他的本性绝非荏弱易折的。他现在所持的态度，正是他自己的一服对症的药。以他家庭状况的不安，自己成就的渺茫；所以要一步步的走，不去理会那些远远远远的。以人生担荷的过重，迷悟的纠纷；所以要摆脱掉纠缠，完成平常的自我。他承认解脱即在挣扎的本身上，并非两件事；所以明知道挣扎是徒劳的，还是挣扎着。他的人生观念——在《毁灭》及其他诸作中所表示的，是呻吟，也就是口令，是怯者的，也是勇者的呼声；总之，决不是一面空大鼓敲着来吓虎人，或者给人顽儿的。这对于他自己，对于同病相怜的我们，极容易，极切实，极其有用，不敢说即是真理；但这总是我们的一服药。

五色的花在灰色的泥土上烂缦着，银雪的涛在巉利的暗礁间涌沸着；读《毁灭》的是赞颂还是咒诅呢？象垂巨齿，鹿挺巨角，孔雀曳巨尾，作《毁灭》的自喜还是自怨呢？

十二年六月二十六日。

贤明的——聪明的父母

这是一个讲演的题目，去年在师大附中讲的。曾写出一段，再一看，满不是这么回事，就此丢开。这次所写仍不惬意，写写耳。除掉主要的论旨以外，与当时口说完全是两件事，这是自然的。

照例的引子，在第一次原稿上写着有的，现在只删剩一句：题目上只说父母如何，自己有了孩子，以父亲的资格说话也。卫道君子见谅呢，虽未必，总之妥当一点。

略释本题，对于子女，懂得怎样负必须负的责任的父母是谓贤明，不想负不必负的责任的是谓聪明，是一是二，善读者固一目了然矣，却照例“下回分解”。

先想一个问题，亲之于子（指未成年的子女）子之于亲，其关系是相同与否？至少有点儿不同的，可比作上下文，上文有决定下文的相当能力，下文则呼应上文而已。在此沿用旧称，尽亲之道是上文，曰慈；尽子之道是下文，曰孝。

慈是无条件的，全体的，强迫性的。何以故？第一，自己的事，只有自己负责才合式，是生理的冲动，环境的包围，是自由的意志，暂且都不管。总之，要想，你们若不负责，那么，负责的是已死的祖宗呢，未生的儿女呢，作证婚介绍的某博士某先生呢，拉皮条牵线的张家婶李家姆呢？我都想不通。第二，有负全责的必要与可能，我也想不出有什么担负不了的。决定人的一生，不外先天的遗传，后天的教育。遗传固然未必尽是父母的责任，却不会是父母以外的人的。教育之权半操诸师友，半属诸家庭，而选择师友的机会最初仍由父母主之。即教育以外的环境，他们亦未始没有选择的机会。第三，慈是一种公德，不但须对自己，自己的子女负责，还得对社会负责。留下一个不尴不尬的人在世上鬼混，其影响未必小于在马路上啐一口痰，或者“君子自重”的畸角上去小便。有秩序的社会应当强迫父母们严守这不可不守，对于种族生存有重大意义的公德。

这么看来，慈是很严肃的，决非随随便便溺爱之谓，而咱们这儿自来只教孝不教慈，只说父可以不慈，子不可以不孝，却没有人懂得即使子不孝，父也不可不慈的道理；只说不孝而后不慈，天下无不是的父母，却不知不慈然后不孝，天下更无不是的儿女，这不但是偏枯，而且是错误，不但是错误，而且是颠倒。

孝是不容易讲的，说得不巧，有被看作洪水猛兽的危险。孝与慈对照，孝是显明地不含社会的强迫性。举个老例，瞽瞍杀人，舜窃负而逃，弃天下如敝屣，孝之至矣；皋陶即使会罗织，决不能证舜有教唆的嫌疑。瞽瞍这个老头儿，无论成才不成才，总应当由更老的他老子娘去负责，舜即使圣得可以，孝得可观，也恕不再来负教育瞽瞍的责任，他并没有这可能。商均倒是他该管的。依区区之见，舜家庭间的纠纷，不在乎父母弟弟的捣乱，却是儿子不挣气，以致锦绣江山，丈人传给他的，被仇人儿子生生抢走了，于舜可谓白璧微瑕。他也是只懂得孝不懂得慈的，和咱们一样。

社会的关系既如此，就孝的本身说，也不是无条件的，这似乎有点重要。我一向有个偏见，以为一切，感情都是后天的，压根儿没有先天的感情。有一文叫做感情生于后天论，老想做，老做不成，这儿所谈便是一例。普通所谓孝的根据，就是父母儿女之间有所谓天性，这个天性是神秘的，与生俱生的，不可分析的。除掉传统的信念以外，谁也不能证明它的存在。我们于其依靠这混元一气的先天的天性，不如依靠寸积铢累的后天的感情来建立亲子的关系，更切实而妥贴。详细的话自然在那篇老做不出的文章上面。

说感情生于后天，知恩报恩，我也赞成的。现在讨论恩是什么。一般人以为父亲对于子女，有所谓养育之恩，详细说，十月怀胎，三年乳哺，这特别偏重母亲一点。赋与生命既是恩，孩子呱呱堕地已经对母亲，推之于父亲负了若干还不清的债务，这虽不如天性之神秘，亦是一种先天的系属了。说我们生后，上帝父亲母亲然后赋以生命，何等的不通！说我们感戴未生以前的恩，这非先天而何？若把生命看作一种礼物而赋予是厚的馈赠呢，那么得考量所送礼物的价值。生命之价值与趣味恐怕是永久的玄学上的问题，要证明这个，不见得比证明天性的存在容易多少，也无从说起。亲子的关系在此一点上，是天行的生物的，不是人为的伦理的。把道德的观念建筑在这上面无有是处。

亲子间的天性有无既难定，生命的单纯赋与是恩是怨也难说，传统的名分又正在没落，孝以什么存在呢？难怪君子人惴惴焉有世界末日之惧。他们忽略这真的核心，后天的感情。这种感情并非特别的，只是最普通不过的人情而已。可惜咱们亲子的关系难得建筑在纯粹的人情上，只借着礼教的权威贴上金字的封条，不许碰它，不许讨论它，一碰一讲，大逆不道。可是“世衰道微”之日，顽皮的小子会不会想到不许碰，不许讲，就是“空者控也搜者走也”的一种暗示，否则为什么不许人碰它，不许人讨论它。俗话说得好：“为人不作亏心事，半夜敲门鬼不惊。”

人都是情换情的，惟孝亦然。上已说过慈是上文，孝是下文，先慈后孝非先孝后慈，事实昭然不容驳辨。小孩初生不曾尽分毫之孝而父母未必等它尽了孝道之后，方才慢条斯理不慌不忙地去抚育它，便是佳例。所以孝不自生，应慈而起，儒家所谓报本反始，要能这么解释方好。父母无条件的尽其慈是施，子女有条件的尽其孝是报。这个报施实在就是情换情，与一般的人情一点没有什么区别。水之冷热饮者自知，报施相当亦是自然而然，并非锱铢计较一五一十，亲子间真算起什么清帐来，这也不可误会。

孝是慈的反应，既有种种不等的慈，自然地会有种种不等的孝，事实如此，没法划一的。一个人对于父母二人所尽的孝道有时候不尽同。这个人的与那个人的孝道亦不必尽同。真实的感情是复杂的，弹性的，千变万化，而虚伪的名分礼教却是一个冰冷铁硬的壳子，把古今中外付之一套。话又说回来，大概前人都把亲子系属看作先天的，所以定制一块方方的蛋糕叫做孝；我们只承认有后天的感情，虽不“非孝”，却坚决地要打倒这二十四孝的讲法。

我的说孝实在未必巧，恐怕看到这里，有人已经在破口大骂，“撕做纸条儿”了。这真觉得歉然。他们或者正在这么想：父母一不喜欢子女，子女马上就有理由来造反，这成个甚么世界！甚么东西！这种“生地蛮嗯打儿”的口气也实在可怕。可是等他们怒气稍息以后，我请他们一想，后天的关系为什么如此不结实？先天的关系何以又如此结实？亲之于子有四个时期：结孕，怀胎，哺乳，教育，分别考察。结孕算是恩，不好意思罢。怀胎相因而至，也是没法子的。她或者想保养自己的身体为异日出风头以至于效力国家的地步，未必纯粹为着血胞才谨守胎教。三年乳哺，一部分是生理的，一部分是环境的，较之以前阶段，有较多自由意志的成分了。至离乳以后，以至长大，这时期中，种种的教养，若不杂以功利观念，的确是一种奢侈的明智之表现。这方才建设慈道的主干，而成立子女异日对他们尽孝的条件。这么掐指一算，结孕之恩不如怀胎，怀胎之恩不如哺乳，哺乳之恩不如教育。越是后天的越是重要，越是先天的越是没关系。

慈之重要既如此，而自来只见有教孝的，什么缘由呢？比较说来，慈顺而易，孝逆而难，慈有母爱及庇护种族的倾向做背景——广义的生理关系——而孝没有；慈易而孝难。慈是施，对于子的爱怜有感觉的张本，孝是报，对于亲之劬劳，往往凭记忆想像推论使之重现；慈顺而孝逆。所以儒家的报本反始，慎终追远论，决非完全没有意义的。可是立意虽不错，方法未必尽合。儒家的经典《论语》说到慈的地方已比孝少得多，难怪数传以后就从对待的孝变成绝对的孝。地位愈高，标准愈刻，孝子的旌表愈见其多而中间大有《儒林外史》的匡超人在，这种是事实罢。他们都不明白尽慈是教孝的惟一有效的方法，却无条件地教起孝来，其结果是在真小人以外添了许多的伪君子。

慈虽为孝的张本，其本身却有比孝更重大的价值。中国的伦理，只要矫揉造作地装成鞠躬尽瘁的孝子，决不想循人性的自然，养成温和明哲的慈亲，这于民族的生存和发展，有相当重大的关系。积弱之因，这未必不是一个。姑且用功利的计算法，社会上添了一个孝子，他自己总是君子留点仪刑于后世，他的父母得到晚年的安享，效用至多如此而已；若社会上添一慈亲，就可以直接充分造就他的子女，他的子女一方面致力于社会，一方面又可以造就他的子女的子女，推之可至无穷。这仍然是上下文地位不同的原故。慈顺而易，孝逆而难，这是事实；慈较孝有更远大的影响，更重大的意义也是事实。难能未必一定可贵。

能够做梦也不想到“报”而慷慨地先“施”，能够明白尽其在我无求于人是一种趣味的享受，能够有一身做事一身当的气概，做父母的如此存心是谓贤明，自然实际上除掉贤明的态度以外另有方法。我固然离贤明差得远，小孩子将来要“现眼”，使卫道之君子拍手称快，浮一大白也难说；可是希望读者不以人废言。好话并不以说在坏人嘴里而变坏。我不拥护自己，却要澈底拥护自己的论旨。

但同时不要忘记怎样做个聪明的。儿女成立以后亲之与子，由上下文变成一付对联——平等的并立的关系。从前是负责时期，应当无所不为；现在是卸责时期应当有所不为。干的太过分反而把成绩毁却，正是所谓“蛇固无足，子安能为之足”。

慈道既尽卸责是当然，别无所谓冷淡。儿女们离开家庭到社会上去，已经不是赤子而是独立的人。他们做的事还要我们来负责，不但不必，而且不可能，把太重的担子压在肩头，势必至于自己摔交而担子砸碎，是谓两伤。从亲方言，儿女长大了，依然无限制无穷尽地去为他们服务，未免太对不起自己。我们虽不曾梦想享受儿孙的福，却也未必乐意受儿孙的累。就子方言，老头子动辄下谕单，发训话，老太太说长道短，也实在有点没趣，即使他们确是孝子。特别是时代转变，从亲之令往往有所不能，果真是孝子反愈加为难了。再退一步，亲方不嫌辛苦，子方不怕唠叨，也总归是无取的。

看看实际的中国家庭，其情形却特别。教育时期，旧式的委之老师，新派交给学校，似乎都在省心。直到儿女长成以后，老子娘反而操起心来，最习见的，是为儿孙积财，干预他们的恋爱与婚姻，这都是无益于己，或者有损于人的顽意儿。二疏说：“贤而多财则损其志，愚而多财则益其过”真真是名言，可是老辈里能懂得而相信这个意思的有几个，至于婚姻向来是以父母之命为成立的条件的，更容得闹成一团糟，这是人人所知的。他们确也有苦衷，大爷太不成，不得不护以金银钞票，大姑娘太傻不会挑选姑爷，老太爷老太太只好亲身出马了。这是事实上的困难，却决不能推翻上述的论旨，反在另一方面去证明它。这完全是在当初负责时期不尽其责的原故，换言之，昨儿欠了些贤明，今儿想学聪明也不成了。教育完全成以后，岂有不能涉世，更岂有不会结婚的，所以这困难决不成为必须干涉到底的口实。

聪明人的特性，一是躲懒，一是知趣，聪明的父母亦然。躲懒就是有所不为，说见上。知趣之重要殆不亚于躲懒。何谓知趣？吃亏的不找帐，赌输的不捞本，施与的不望报。其理由不妨列举：第一，父母总是老早成立了，暮年得子女的奉侍固可乐，不幸而不得，也正可以有自娱的机会，不责报别无甚要紧。不比慈是小孩子生存之一条件。第二，慈是父母自己的事，没有责报的理由。第三，孝逆而难，责报是不容易的。这两项上边早已说过。第四以功利混入感情，结果是感情没落，功利失却，造成家庭间鄙薄的气象，最为失算。试申说之。

假使慈当作一般的慈爱讲，中国家族，慈亲多于孝子恐怕没有问题的。以这么多的慈亲为什么得不到一般多的孝子呢？他们有的说世道衰微人心不古啦，有的说都是你们这班洪水猛兽干的好事啦，其实都丝毫不得要领。在洪水猛兽们未生以前，很古很老的年头，大概早已如此了，虽没有统计表为证。根本的原因，孝只是一种普通的感情，比起慈来有难易顺逆之异，另外有一助因，就是功混利于感情。父母虽没有绝对不慈的，（精神异常是例外）可是有绝对不望报的吗？我很怀疑这分数的成数，直觉上觉得不会得很大。所谓“养儿防老积谷防饥”，明显地表现狭义的功利心。重男轻女也是一旁证，儿子胜于女儿之处，除掉接续香烟以外，大约就数荣宗耀祖了。若以纯粹的恋爱为立场，则对于男女为什么要歧视如此之甚呢？有了儿子，生前小之得奉侍，大之得显扬，身后还得血食，抚养他是很合算的。所持虽不甚狭，所欲亦复甚奢，宜有淳于髡之笑也。他们只知道明中占便宜，却不觉得暗里吃亏。一以功利为心，真的慈爱都被功利的成分所搀杂，由搀杂而仿佛没落了。本来可以唤起相当反应的感情，现在并此不能了。父责望于子太多，只觉子之不孝；子觉得父的责望如此之多，对于慈的意义反而怀疑起来。以功利妨感情，感情受伤而功利亦乌有，这是最可痛心的。虽不能说怎样大错而特错，至少不是聪明的办法呢。

聪明的父母，以纯粹不杂功利的感情维系亲子的系属，不失之于薄；以缜密的思考决定什么该管，什么恕不，不失之于厚。在儿女未成立以前最需要的是积极的帮助，在他们成立以后最需要的是消极的不妨碍。他们需要什么，我们就给他们什么，这是聪明，这也是贤明。

他们有了健全的人格，能够恰好地应付一切，不见得会特别乖张地应付他们的父母，所以不言孝而孝自在。

截搭题已经完了，读者们早已觉得，贤明与聪明区别难分，是二而一的。聪明以贤明为张本，而实在是进一步的贤明。天职既尽，心安虑得，在我如此，贤明即聪明也；报施两忘，浑然如一，与人如此，贤明又即聪明也，聪明人就是老实人，顶聪明的人就是顶老实的人，实际上虽不必尽如此，的确应当是如此的。

十九年七月廿四日。

身后名

恐怕再没有比身后之名渺茫的了，而我以为毕竟也有点儿实在的。

身后名之所以不如此这般空虚者，未必它果真不空虚也，只是我们日常所遭逢的一切，远不如期待中的那般切实耳。

碌碌一生无非为名为利，谁说不是？这个年头儿，谁还不想发注横财，这是人情，我们先讲它吧。十块洋钱放在口袋里，沈填填的；若再多些，怕不尽是些钞票支票汇票之流。夫票者飘也，飘飘然也，语不云乎？昨天四圈麻雀，赢了三百大洋，本预备扫数报效某姑娘的，那里知道困了一觉，一摸口袋，阿呀连翩，净变了些左一叠右一叠的“关门票子”，岂不天——鹅绒也哉！（天字长音，自注。）三百金耳，尚且缥渺空虚得可观，则三百万金又何如耶？

“阿弥陀佛！”三百万净现是大洋，一不倒帐，二不失窃，摸摸用用，受用之至。然而想啊，广厦万间，而我们堂堂之躯只七尺耳；（也还是古尺！）食前方丈，而我们的嘴犹樱桃也。夫以樱桃般的嘴敌一丈见方的盘儿碗儿盆儿罐儿，（罐儿，罐头食物也，自注。）其不相敌也必矣。以区区七尺，镇日步步踱踱于千万间的大房子中，其不不打而自倒也几希。如此说来，还应了这句老话："偃鼠饮河，不过满腹。"从偃鼠说，满腹以外则无水，这一点儿不算错。

至于名呢，不痛不痒，以"三代以下"的我们眼光看，怕早有隔世之感吧！

以上是反话。记得师父说过——却不记得是那一位了——"一反一正，文章乃成，一正一反，文章乃美。"未能免此，聊复云耳。

要说真，都真；说假，全假。若说一个真来一个假，这是名实未亏喜怒为用，这是朝三暮四，朝四暮三的顽意儿。我们其有狙之心也夫！

先说，身后之名岂不就是生前之名。天下无论什么，我们都可以预期的，虽然正确上尽不妨有问题。今天吃过中饭，假使不预期发痧气中风的话，明天总还是要吃中饭，今天太阳东边出，明天未必就打西边出。我茫然结想，我们有若干位名人正在预期他的身后名，如咱们老百姓预期吃中饭出太阳一般的热心。例如光赤君，（就是改名光慈的了）他许时时在那边想，将来革命文学史上我会是第一名，第二名，第三名。

好吧，即使被光慈君硬赖了去，我不妨退九千步说，自己虽不能预期或不屑预期，也可以看看他人的往事。这儿所谓“他人”，等于“前人”，光慈君也者盖不得与焉，否则岂不又有“咒”的嫌疑。姓屈的做了老牌的落水鬼，两千年以上，而我们的陆侃如先生还在讲“屈原”。曹雪芹喝小米粥喝不饱，二百年后却被胡适之先生给翻腾出来了。……再过一二百年，陆胡二公的轶事被人谈讲的时候，而屈老爹曹大爷（或者当改呼二爷才对）或者还在耳朵发烧呢。耳朵发烧到底有什么好处？留芳遗臭有什么区别？都不讲。我只相信身后名的的确确是有，虽你我不幸万一，万一而不幸，竟“名落孙山。”

名气格样末事，再思再想，实头想俚勿出生前搭身后有啥两样。倒勿如实梗说。（苏白，自注。）

要阔得多，抖得多。所以我包光慈君必中头彩，总算恭维得法，而且声明，并非幽默。你们看，我多们势利眼！假使自己一旦真会阔起来的话，在一家不如一乡，一乡不如一城，一城不如一国，一国不如一世界，一世界不如许多世界。关门做皇帝，又有什么意思呢？这也并非幽默。

然而人家还疑心你是在幽默，唉！没法子！——只好再把屈老爹找来罢，他是顶不幽默的。他老人家活得真没劲儿，磕头碰脑不是咭咭聒聒的姊姊，就是滑头滑脑的渔父，看这儿，瞅那儿，知己毫无，只得去跳罗汨江。文人到这种地步，真算苦了。“然而不然”。他居然借了他的《离骚》《九章》《九歌》之流，（虽然目今有人在怀疑，在否认，）大概不过一百年，忽然得了一知己曰贾先生，又得一知己曰司马老爷，这是他料得到的吗？不管他曾逆料与否，总之他身后得逢知己是事实，他的世界以文字的因缘无限制地绵延下去也是事实。事实不幽默。

身后名更有一点占便宜处：凡歹人都会自然而然地渐渐的变好来，其变化之度以时间之长为正比例。借白水的话，生前是“界画分明的白日”，死后是“浑融的夜”。在夜色里，一切形相的轮廓都朦胧了。朦胧是美的修饰，很自然的美的修饰。这整容匠的芳名，您总该知道的罢，恕我不说。

“年光”渐远，事过情迁，芳艳的残痕，以文字因缘绵绵不绝，而伴着它们的非芳非艳，因寄托的机会较少，终于被人丢却了。古人真真有福气。咱们的房客，欠债不还，催租瞪眼，就算他是十足地道的文豪罢，也总是够讨厌的了。若是古人呢，漫说他曾经赖过房租，即使他当真杀过人放过火来，也不很干我事。他和我们已经只有情思间的感染而无利害上的冲突了。

以心理学的观念言，合乎脾胃的更容易记得住，否则反是。忆中的人物山河已不是整个儿的原件，只是经过非意识的渗滤，合于我们胃口的一部分，仅仅一小部分的选本。

文人无行自古已然，虽然不便说于今为甚。有许多名人如起之于九原，总归是讨厌的。阮籍见了人老翻白眼，刘伶更加妙，简直光屁股，倒反责备人家为什么走进他的裤裆里去。这种怪相，我们似乎看不见；我们只看见两个放诞真率的魏晋闲人。这是我们所有的，因这是我们所要的。

写到这里已近余文，似乎可以歇手了，但也再加上三句话，这是预定的结局。

一切都只暂存在感觉里。身后名自然假不过，但看来看去，到底看不出它为什么会比我们平常不动念的时分以为真不过的吃饭困觉假个几分几厘。我倒真是看不出。

十八年一月十六日晨五时在北京枕上想好，同日晚八时清华园灯下起草。

附记　　前天清华有课，这是我第一次感到作文的匆忙。既是匆匆，又是中夜，简直自己为《文训》造佳例了，然为事实所迫，也莫奈何，反正我不想借此解嘲就得勒。

匆匆的结果是草草。据岂明先生说，日本文匆匆草草同音，不妨混用。——草草决非无益于文章的，而我不说。说得好，罢了；不好，要糟；因此，恕不。只好请猜一猜吧，这实在抱歉万分。

附记二　　此文起草时果然匆忙，而写定时偏又不很匆忙，写完一看，已未必还有匆匆草草的好处了，因此对于读者们更加抱歉。

一月十八日，北京。

性（女）与不净

说是灶王爷被饧糖黏嘴以后，大家谈天，谈到北京风俗，新年破五，女人才许到人家去拜年。有人说这因女人鞋子太脏，又有人说新年里男客多，怕自己家的女人被人家瞧了去。总之，不得要领，话也就岔开了。就有人讲笑话。——我家有一亲戚，是一大官，他偶如厕，忽见有女先在，愕然是不必说，却因此传以为笑；笑笑也不要紧，他却别有所恨。恨到有点出奇，其实并不。这是一种晦气，苏州人所谓“勿识头”，要妨他将来福命的。——我姊姊便笑道：“他真有福命，妨个一妨也不很要紧；禁不住一妨，则所谓福命也就有限了。”

以上又是一个梦。梦后有三个观念走到脑子里来，一是性，二是女，三是不净。如我是一位什么专家的话，把它们联起来，大概早已有数十万言的大著作出现了。幸而我不是。

我只会顶简单地想，顶简单地说：性，女在内，大概没有什么不净吧。话又说回来，自然也不曾看出所以然净来。譬如上帝他老人家，（她?）抟弄黄土的时候，（决不是在搓煤球，不可误会。）偶然把性的器官放在额角正中，或者嘴半边，那没，我们这部历史一定会一字不剩写过了的。他可太仔细了，且太促狭了，偏偏把他之所以为他，她之所以为她者，安置在最适于藏藏躲躲，又在二便的贴隔壁。是何居心？是否阴险？至今不明。我不但是今生，前世据说也只是个和尚，并未做过上帝。人云亦云，我不但不敢信。他们也未尝拿出证据来，证明他们曾经在那一辈子里，做过天上的仙官。

也只是可疑而已，未必就该杀该办。然而我们这儿，野蛮成风，久矣夫百年来非一日矣，早把这批城门失火殃及池鱼的嫌疑犯，异口同声“杀之不足剐之有余”了。为什么呢？我不懂得。为什么特别对于女人如此？阿呀，我更加不懂，决不能比对于上帝的心理多懂出个一分二分来。专家或者已经在那边懂，而我非专家。

愈不懂愈要聒聒，此其所以将有“碰壁”之灾乎！说话的第一要诀，不可不为自己留余地。假使我们自己站在神坛上，岂不一句话就结了？可惜不能。我在枕上，翻来覆去的想，除掉“大概没有什么不净吧”，觉得对于性，特别对于女竟没有更得体的说法了。您想，如果不这么说，则我之为我，你之为你，——姑且不去管“他”——岂非是“不净，不净，第三个不净”呢？这不很得体。

真话也就是合于自己身分的话，所以“未必真得出奇”。这是附记。

十八年二月五日，即戊辰十二月二十六日，草于北京东城。

教育论（上）

我不是学教育的，因此不懂一切教育学上的顽意儿。正惟其不懂，所以想瞎说，这也是人情。有几个人懂而后说呢？怕很少。这叫“饭店门口摆粥摊”，幸亏世界上还有不配上饭店只配喝碗薄粥的人。我这篇论文，正为他们特设的，我自己在内不待言了。

既不曾学教育，那么谈教育的兴味从那里来的呢？似乎有点儿可疑。其实这又未免太多疑，我有三个小孩；不但如此，我的朋友也有小孩，亲戚也有小孩；不但如此，我们的大街上，小胡同口满是些枝枝桠桠咭咭聒聒的小孩子，兴味遂不得油然而生矣。——“兴味”或者应改说“没有兴味”才对。

我不是喜欢孩子的人，这须请太太为证。我对着孩子只是愁。从他们呱呱之顷就发愁起，直到今天背着交叉旗子的书包还在愁中。听说过大块银子，大到搬弄维艰的地步就叫做没奈何。依我看，孩子也者和这没奈何差杀不多，人家说这活该，谁叫你不去拜教育专家的门。（倒好像我常常去拜谁的门来。）

自己失学，以致小孩子失教，已经可怜可笑；现在非但不肯努力补习，倒反妒忌有办法的别人家，这有多们卑劣呢！不幸我偏偏有卑劣的皮气，也是没奈何。

依外行的看法，理想的教育方策也很简单，无非放纵与节制的谐和，再说句老不过的话，中庸。可惜这不算理论，更不算方法，只是一句空话罢了，世间之谐和与中庸多半是不可能的。真真谈何容易。我有一方案，经过千思万想，以为千妥万当的了，那里知道，从你和他看来，还不过是一偏一曲之见，而且偏得怪好笑，曲得很不通，真够气人的。

况且，教育假使有学，这和物理学化学之流总归有点两样的。自然科学的基础在试验，而教育的试验是不大方便的，这并非试验方法之不相通，只是试验材料的不相同。果真把小孩子们看作养气，磷块，硫黄粉……这是何等的错误呢。上一回当，学一回乖，道理是不错；只在这里，事势分明，我们的乖决不会一学就成，人家却已上了一个不可挽回的大当，未免不值得呢。若说这是反科学，阿呀，罪过罪过！把小孩子当硫黄粉看，不见得就算不反科学。

谁都心里雪亮，我们的时代是一切重新估定价值的时代，除旧布新，正是必然之象，本不但教育如此，在此只是说到教育。我又来开倒车了，“楚则失之，而齐亦未为得也。”譬如贸贸然以软性的替代硬性的教育未必就能发展个性，（说详本论下）以新纲常替代旧纲常，更适足自形其浅薄罢了。然而据说这是时代病，（病字微欠斟酌，姑且不去管它。）我安得不为孩子担心。又据说时代是无可抵抗的，我亦惟有空担心而已。我将目击他们小小的个性被时代的巨浪奥伏赫变矣乎。

正传不多，以下便是。我大不相信整个儿的系统，我只相信一点一滴的事实，拿系统来巧妙地说明事实，则觉得有趣，拿事实来牵强地迁就系统，则觉得无聊。小孩之为物也，既不能拿来充分试验的，所以确凿可据的教育理论的来原，无论古今中外，我总不能无疑，恐怕都是些饱食终日无所用心的人想出来的顽意儿。至于实际上去对付小孩子，只有这一桩，那一桩，头痛医头，脚痛医脚，除此似并无别法。只要是理论，便愈少愈好，不但荒谬的应该少，就是聪明的也不应该多。你们所谓理论，或者是成见的别名。——想必有人说，你的就事论事观岂不也是理论，也许就是成见罢？我说：“真有你的。成见呢人人都有，理论呢未必都配，否则我将摇身一变而为教育专家，犹大英阿丽斯之变媚步儿也。”（见赵译本）

十八年三月十六日。

教育论（下）

以下算是我的头痛医头脚痛医脚观，也是闲话。（依鲁迅“并非闲话”例）闲话不能一变而为政策乃事实所限，并非有什么不愿，否则，我何必说什么“银成没奈何”。

因此，我也不肯承认这是成见，“见”或有之，“成”则未也。说凡见必成，（依有土皆豪无绅不劣例）岂非等于说健谈者唯哑吧，能文者须曳白乎？

人的事业不外顺自然之法则以反自然，此固中和中庸之旧说也。造化本不曾给我们以翅膀，如我们安于没翅膀，那就一了而百了。无奈我们不甘心如此，老想上天，想上天便不是自然。又如我只是“想”上天，朝也想，暮也想，甚而至于念咒掏诀召将飞符，再甚而至于神经错乱，念念有词“玉皇大帝来接我了！纯阳祖师叫哩！”这也未始不反自然，却也不成为文化。一定要研究气体的性质，参考鱼儿浮水，鸟儿翔空的所以然，方才有一举飞过大西洋，再举飞绕全世界的成绩。这是空前的记录，然造成这记录的可能，在大自然里老早就有，千百年来非一日矣。若相信只要一个筋斗就立刻跳出他老人家的手底心，岂非笑话。

举例罢了，触处皆是。在教育上，所谓自然，便是人性。可惜咱们的千里眼，天边去，水底去，却常常不见自己的眉睫，我们知道人性最少哩。专家且如此，况我乎。

在此冒昧想先说的只有两点。第一，人性是复合的，多方面的。若强分善恶，我是主张“善恶混”的。争与让同是人性，慈与忍同是人性，一切相对待的同是人性。吃过羊肉锅，不久又想吃冰激淋，吃了填鸭，又想起冬腌菜来，我们的生活，常在动摇中过去，只是自己不大觉得罢了。若说既喜欢火锅，就不许再爱上冰激淋，填鸭既已有益卫生，佛手疙瘩就可恕不了。（然而我是不喜吃佛手疙瘩的。）这果然一致得可佩，却也不算知味的君子。依这理想，我们当承认一切欲念的地位，平等相看，一无偏向，才是正办。

第二，理想之外还有事实。假设善恶两端而以诸欲念隶之，它们分配之式如何呢？四六分三七分？谁四而谁六，谁三而谁七呢？这个堪注意。再说诸欲念之相处，是争竞是揖让呢？是冲突是调和呢？如冲突起来谁占优势，谁居劣败呢？这些重要的谜，非但不容易知道，并且不容易猜。

尝试分别解之。欲念的分配，大概随人而异。有骨有肉的都是人，却有胖瘦之别。有胖瘦，就有善恶了。所剩下的，只是谁胖谁瘦，谁善谁恶的问题。胖瘦在我们的眼里，善恶在我们的心中。“情人眼里出西施”。眼睛向来不甚可靠，不幸心之游移难定，更甚于眼。所以我们大可不必信口雌黄，造作是非，断定张家长李家短；我们也不必列欲念为范畴，然后 $a+b=c$ 这样算起来；我们更不必易为方程式，如 H_2O。这只有天知道。

它们相处的光景，倒不妨瞎猜一下。猜得着是另一问题。以常识言，它们总不会镇天价彬彬揖让哩。虽然吃素念佛的人同时可以做军阀，惟军阀则可耳。常在冲突矛盾中，我们就这样老老实实的招出来吧。至于谁胜谁负，要看什么情形，大概又是个不能算的。都有胜负的可能吧，只好笼统地说。

细察之，仿佛所谓恶端，比较容易占优势些。这话说得颇斟酌，然而已着迹象了，迥不如以前所说的圆滑。箭在弦上不得不发，盖亦苦矣。且似乎有想做孙老夫子私淑的嫌疑。以争与让为例，（争未必恶，让未必善，姑且说说。）能有几个天生的孔融？小孩子在一块，即使同胞姊妹，终归要你抢我夺的。你若说他们没有礼让之端，又决不然。只是礼让之心还敌不过一块糕一块饼的诱惑罢了。礼让是性，爱吃糕饼多多益善也是性，其区别不在有无，只在取舍。小孩子舍礼让而就争夺，亦犹孟老爹山东老，不吃鱼而吃熊掌也，予岂好吃哉，予不得已也。食色连文，再来一个美例，却预先讲开，不准缠夹二。二八佳人荡检逾闲，非不以贞操为美也，只是熬不住关西大汉，裙屐少年的诱惑耳。大之则宇宙，小之则一心，不是东风压倒西风，就是西风压倒东风，永远不得太平的。我们所见为什么老是西北风刮得凶，本性主之乎，环境使然乎，我们带了有色眼镜乎？乌得而知之！专家其有以告我耶？

准以上的人性观，作以下的教育论。先假定教育的目的，为人性圆满的发展。如人性是单纯的，那么教育等于一，一条直线的一，如人性是均衡的，那么教育等于零，一个圈儿的零，惟其人性既复杂而又不均衡，或者不大均衡，于是使咱们的教育专家为了难，即区区今日，以非教育家之身，亦觉有点为难了。

对于错综人性的控驭，不外两个态度：第一是什么都许，这是极端的软性；第二什么都不许，这是极端的硬性，中间则有无数阶段分列二者之下。硬性的教育总该过时了吧。——这个年头也难说。总之“莫谈国事”为妥。且从上边的立论点，即不批评也颇得体。在此只提出软性教育的流弊。即使已不成问题，而我总是眼看着没落的人了，不妨谈谈过时的话。

若说对于个性，放任即发展，节制乃摧残，这是错误的。发展与摧残，在乎二者能得其中和与否，以放任专属甲，摧残专属乙，可谓不通。节制可以害个性，而其所以致害，不在乎节制，而在节制的过度；反之，放任过度亦是一种伤害，其程度正相类。这须引前例，约略说明之。小孩子抢糕饼吃不算作恶，及其长大，抢他人的财物不算为善。其实抢糕饼是抢，抢金银布帛也是抢，不见有什么性质上的区别，只是程度的问题。所以，假使，从小到大，什么都许，则从糕饼到金银，从金银到地盘，从地盘到国家，决非难事。——不过抢夺国家到又不算罪恶了，故曰“窃国者侯”。——原来当小孩子抢吃糕饼时，本有两念，一要抢一不要抢是也。要抢之念既占优势，遂生行为，其实不要抢之念始终潜伏，初未灭亡。做父母师长的，不去援助被压迫的欲念，求局面之均衡，反听其强凌弱，众暴寡，以为保全个性的妙策；却不知道，吃糕饼之心总算被你充分给发展了，(实则畸形的发达，即变相的摧残)，而礼让之心，同为天性所固有，何以独被摧残。即使礼让非善，争夺非恶，等量齐观，这样厚彼而薄此，已经不算公平，何况以区区之愚，人总该以礼让为先，又何惧于开倒车！

不平是自然，平不平是人为，可是这“平不平”的可能，又是自然所固有的，却非人力使之然。一切文化都是顺自然之理以反自然，教育亦只是顺人性之理以反人性。

说说大话罢哩，拿来包办一切的方案，我可没有。再引前例，小孩们打架，大欺小，强欺弱，以一概不管为公平，固然不对，但定下一条例，说凡大的打小的必是大的错，也很好笑。因为每一次打架有一次的情形，情形不同，则解决的方法亦应当不同，而所谓大小强弱也者，皆不成为判断的绝对标准。以争让言之，无条件打倒礼让与遏止争竞是同样的会错，同一让也而此让非彼让，同一争也而此争非彼争。以较若画一的准则控驭蕃变的性情，真是神灵的奇迹，或是专家的本领。

而我们一非神灵，二非专家，只会卑之无甚高论，只好主张无策之策，无法之法为自己作解，这就是头痛医头，脚痛医脚。平居暇日，以头还头，以脚还脚，大家安然过去，原不必预先订下管理大头和小脚的规则几项几款。若不幸而痛，不幸痛得利害，则就致痛之故斟酌治之，治得好侥天之幸，治不好命该如此。自己知道腐化得可以，然而得请您原谅。

这也未始不是一块蛋糕，其所以不合流行的口味者，一是消极，二是零碎。它不曾要去灌输某种定型的教训，直待问题发生，然后就事论事，一点一滴的纠正它，去泰，去甚，去其害马者。至于何谓泰，何谓甚，何谓害马者，一人有一人的见解，一时代有一时代的口号——是否成见，我不保险。我们都从渺若微尘的立脚点，企而窥探茫茫的宙合。明知道这比琉璃还脆薄，然而我们失却这一点便将失却那一切，这岂不是真要没落了；既不甘心没落，我们惟有行心之所安，说要说的话。

是《古文观止》的流毒罢，我至今还爱柳宗元的《驼子传》。他讲起种树来，真亲切近人，妩媚可爱，虽然比附到政治似可不必。我也来学学他，说个一段。十年前我有一篇小说《花匠》[①]，想起来就要出汗，更别提拿来看了，却有一点意见至今不曾改的，就是对于该花匠的不敬。我们走进他的作坊，充满着龙头，凤尾，屏风，洋伞之流，只见匠，不见花，真真够了够了。我们理想中的花儿匠却并不如此，日常的工作只是杀杀虫，浇浇水，直上固好，横斜亦佳，都由它们去；直等到花枝戳破纸窗方才去寻把剪刀，直到树梢扫到屋角方才去寻斧柯虽或者已太晚，寻来之后，东边去一尺，西边去几寸，也就算修饰过了。时至而后行，行其所无事，我安得如此的懒人而拜之哉！

十八年三月十八日，北京。

① 此文后曾蒙鲁迅先生收入《中国新文学大系》小说部分中，甚为惶愧。

春来

“假使冬天来了，春天还能远吗?”您也将遥遥有所忆了。——虽然，我是不该来牵惹您的情怀的。

然而春天毕竟会来的，至少不因咱们不提起它而就此不来。于是江南的莺花和北地的风尘将同邀春风的一笑了。我们还住在一个世界上哩!

果真我们生长在绝缘的两世界上，这是何等好!果真您那儿净是春天，我这儿永远是冰，是雪，是北风，这又何等好。可惜都不能!我们总得感物序之无常，怨山河之辽廓，这何苦来?

微吟是不可的，长叹也是不可的，这些将挡着幸运人儿的路。若一味的黯然，想想看于您也不大合式的罢，“更加要勿来。”只有跟着时光老人的脚迹，把以前的噩梦渐渐笼上一重乳白的轻绡，更由朦胧而渺茫，由渺茫而竟消沉下去，那就好了!夫了者好也，语不云乎?

谁都懂得，我当以全默守新春之来。可恨我不能够如此哩。想到天涯海之角，许有凭阑凝想的时候，则区区奉献之词，即有些微的唐突，想也是无妨于您那春风的一笑的。

丁卯立春前十一日。

赋得早春

（为清华年刊作）

“有闲即赋得”，名言也，应制，赋得之一体耳。顷有小闲，虽非三个，拈得早春作成截搭，既勾文债，又以点缀节序排遣有涯，岂非一箭双雕乎？

去冬蒙上海某书局赏给一字之题曰“冬”，并申明专为青年们预备的，——阿呀，了不得！原封原件恭谨地璧还了。听说友人中并有接到别的字的，揣书局老板之意岂将把我配在四季花名，梅兰竹菊乎？

今既无意于“梅兰”，“冬”决计是不写的了。冬天除掉干烤以外，——又不会溜冰，有什么可说的呢？况且节过雨水，虽窗前仍然是残雪，室中依旧有洋炉，再说冬天，不时髦。

六年前的二月曾缀小文名曰“春来”，其开首一引语“假使冬天来了，春天还能远吗？”然则风霜花鸟互为因缘，四序如环，浮生一往。打开窗子说，春只是春，秋只是秋，悲伤作啥呢？

“今天春浅腊侵年，冰雪破春妍，东风有讯无人见，露微意柳际花边，寒夜纵长，孤衾易暖，钟鼓渐清圆，”闲雅出之，而弦外微音动人惆怅。过了新年，人人就都得着一种温柔秘密的消息，也不知从那儿得着的，要写它出来，也怕不容易罢。

“饭店门前摆粥摊。”前数年始来清华园，作客于西院友家。其时迤西一带尚少西洋中古式的建筑物，一望夷旷，惬于行散，虽疏林衰草，淡日小风，而春绪蕴藉，可人心目，于是不觉感伤起来：

“骀荡风回枯树林，疏烟微日隔遥岑，暮怀欲与沈沈下，知负春前烂缦心。”

这又是一年，在北京东城，庭院积雪已久，渐渐只剩靠北窗下的一点点了，有《浣溪沙》之作：

“昨夜风恬梦不惊，今朝初日上帘旌，半庭残雪映微明。渐觉敝裘堪暖客，却看寒鸟又呼晴，匆匆春意隔年生。”

移居清华后，门外石桥日日经由，等闲视之。有一个早春之晨去等“博士”① 而“博士”不来，闲步小河北岸，作词道：

“桥头尽日经行地，桥前便是东流水，初日翠连漪，

① “博士”，bus。

溶溶去不回。春来依旧矣，春去知何似。花草总芳菲，空枝闻鸟啼。”

文士叹老嗟卑，其根柢殆如姑娘们之爱胭脂花粉，同属天长而地久，何时可以“奥伏”，总该在大时代到了之后乎，也难说。就算一来了就“奥伏”，那末还没有来自然不会“奥伏”的，不待言。这简直近乎命定。寻行数墨地检查自己，与昨日之我又有什么不同呢？往好里说，感伤的调子似乎已在那边减退了——不，不曾加多起来，这大概就是中年以来第二件成绩了。

不大懂人事的小孩子，在成人的眼中自另有一种看法：是爱惜？感慨惆怅？都不对！简直是痛苦。如果他能够忠实地表示这难表示的痛苦，也许碰巧可以做出很像样的作物的。但说他的感觉就是那孩子自己的呢，谁信，问他自己肯不肯信？

把这“早春”移往人世间的一切，这就叫“前夜”。记得儿时，姊姊嫁后初归，那时正是大热，我在床上，直欢喜得睡不着。今日已如隔世。憧憬的欢欣大约也同似水的流年是一样的罢。

诸君在这总算过得去的环境里读了四年的书，有几位是时常见面的，一旦卷起书包，惋惜着说要走了，让我说话，岂可辞乎？人之一生，梦跟着梦。虽然夹书包上学堂的梦是残了，而在一脚踏到社会上这一点看，未必不是另外一个梦的起头，未必不是一杯满满的酒，那就好好的喝去罢。究竟滋味怎样，冷暖自知，何待别人说，我也正不配说话哩，只请好诸君多担待点罢。

二二，二，二二

演连珠

盖闻十步之内，必有芳草。千里之行，起于足下。是以临渊羡鱼，不如归而结网。

盖闻富则治易，贫则治难。是以凶年饥岁，下民无畏死之心。饱食暖衣，君子有怀刑之惧。

盖闻兰植通涂，必无经时之翠，桂生幽壑，终保弥年之丹。是以耦耕植杖，大贤每以之兴怀。被发缨冠，远志或闻而却步。

盖闻众擎易举，任重则勿支。兼程可几，道远则勿及。是以一龟曳尾，无奈过隙之驹。群豕鸣哀，不救崇朝之宰。

盖闻好佚恶劳，中材之故态。宴安鸩毒，前哲之危言。是以运甓高斋，以无益为有益。力田下潠，以靡暇为长间。

盖闻处子贞居，若幽兰之在谷。纯臣大节，如星芒之丽天。是以不求闻达，偶回三顾之车骑。感激驱驰，遂下千秋之涕泪。

盖闻自炫自媒，士女丑行。取义成仁，圣贤高致。是以知人论世，心迹须参。见著因微，毫厘是察。故上书慨慷，非无阿世之嫌。说难卑微，弥感忧时之重。

盖闻因心感物，不外乎人情。出口成章，则谓之天籁。是以可怜杨柳，翻来雅俗之平。一夜北风，同许三春之艳。

盖闻纯想即飞，纯情即堕。是以海天寥廓，幽人含缥渺之思。灯火冥迷，倦客理零星之梦。

盖闻绳墨诚陈，不可欺以曲直。规矩诚设，不可欺以方圆。是则金生水，镆耶待炉冶之功。木在山，梁栋藉斧斤之用。故君子虚心以假物，尊贤而定法。

盖闻鷦鷯栖不尽林，翼非垂天之云也。偃鼠饮不竭河，腹无大泽之积也。是以广厦千间，容身者八尺。食前方丈，充饥者二升。筵中丝竹，劳者勿听。室内芝兰，入而俱化。故饭疏食，一瓢饮，无碍其为仲尼颜渊。锦步障，珊瑚树，只见他是石崇王恺。

盖闻积善余庆，影响何征。业报受生，升沈谁见。故天堂地狱，只为庸愚。残蕙锄兰，翻钟贤哲。是以疾赴当年之乐，过眼空花。徐图没世之名，扶头梦想。

盖闻至啧而动者，物象殊焉，易简而远者，道心一焉。是以不识不知，万类冥合于天行。无臭无声，群圣祇承夫帝则。故拟之而后言，议之而后动。得者存而失者亡，顺者吉而逆者凶。

盖闻知周万物，理不胜私。思通神明，泽不济众。岂物近而身远，抑天易而人难。此犹千里之明，蔽生眉睫。秋毫之察，莫睹舆薪。是以学止修身，尚不愧于屋漏。惠知为政，乃勿剪其甘棠。

盖闻声应气求，物从其类。耳入口出，识局于形。是以信及豚鱼而不足以孚王公。恩及牛羊而不足以保百姓。故瓠巴鼓瑟，聋者一其宫商。离娄微睇，瞽者同其黑白。

盖闻逆旅炊粱，衰荣如此。暮门宿草，恩怨何曾。是以白饭黄齑，苜蓿之盘飧还是。乌纱红袖，傀儡之装扮已非。

盖闻理若沈钟，霜晨蹔响。欲如阴火，漏夜常煎。是以饭后阇黎，不啻当头之棒喝。舟中风雨，未抛同室之戈矛。

盖闻评书读画，门馆才情。煮茗焚香，侍儿聪敏。是以飞龙得鹿，王侯出市井之酋豪。漏尽钟鸣，家国付清流之裙屐。

盖闻阴阳和会，真宰无心。内外相维，人伦有托。是以贞专窈窕，不言女子之卑。扑朔迷离，却以男儿而贵。

盖闻悲愉啼笑，物性率真。容貌威仪，人文起伪。是以蔽于一曲，固理短而情长。观其会通，非理深而情浅。故情之侵分，若水去坊。分之定情，如金就范。

盖闻深于情者，每流连而忘返。蔽于境者，或扞格而不通。是以庄生迷蝶，栩栩为真。郑人覆鹿，匆匆如梦。

盖闻罗帐飘零，同几家欢愁之色。山丘华屋，异百年歌哭之场。是以塞雁城乌，画屏自暖。单衾小簟，一舸分寒。

盖闻唯兵不祥，为仁不富。是以朱门肉臭，无裨道路之饥寒。甲帐歌残，谁问军前之生死。

盖闻恤纬忧周，宁止青灯之嫠。覆巢完卵，难欺黄口之孺。是以蘋末风飘，而苇苕瞑宿。梨花雨勒，则鸱鸮晨归。

盖闻依仁由义，平居律己之严。一法明刑，在位救时之切。是以管仲夺伯氏之邑，既叹息许其如仁。子产告太叔之言，又流涕称为遗爱。

盖闻绛桃子熟，春晚成蹊。素柰花明，夜深炳烛。何则？有诸内必形诸外，为其事必睹其功。是以相斯韩子，始兼六国以开秦。先主武侯终定三巴以绍汉。

盖闻仁者人也，所爱未必一人。义者宜也，所宜殆非一事。况乃穷通有命，显默殊情。是以诲人设教，常欣一室之春温。出野为邦，共讶今年之秋早。

盖闻恩施既博，民无能名。事隙已成，怨不在大。是以酒池云屋，时日及女偕亡。凿井耕田，帝力于我何有。

盖闻断崖插水，惊雁曾回。修坂连云，跛牂可践。是以清时善政，驽马及骥騄之程。末世危邦，猿鹤共虫沙之命。

盖闻明威信赏，以道黔黎。小惩大戒，如保赤子。是以仁言利溥，不为煦妪之慈，义路共由，奚必适然之善。

盖闻雏莺学语，绿暗千林，乳燕归梁，红飘一霎。是以称心为好，此日全非。即事多欣，当年可惜。

盖闻云飞水逝，物候暄寒。春鸟秋虫，心声哀乐。是以荒坟回首，歔欷过客之琴。日暮怀人，恻怆善邻之笛。

盖闻思无不周，虽远必察。情有独钟，虽近犹迷。是以高山景行，人怀仰止之心。金阙银宫，或作溯洄之梦。

盖闻游子忘归，觉九天之尚隘。劳人反本，知寸心之已宽。是以单枕闲凭，有如此夜。千秋长想，不似当年。

广亡征!

（叹号的用法依张氏说）

这好像是很严重的文字，救国之类的，——《我的救国论》前在《东方》被燃烧弹烧了，原来文字之力不如炮火，从此搁笔，所以这是闲话。除掉引用下列忆中的残烬一段，以外有无似处，无从根究了。

……西式之餐谓之大菜，而水陆之陈为小菜矣；洋式之屋谓之大楼，而亭台之设犹陋巷矣；治本国之学问，以 Sinologist 为权威矣；不裹舶来的练绒不成其为摩登之姝，而蚕丝之叶破矣。鸡蛋也好，太阳也好，拳头巴掌也好，人家的什么都好，咱们没有什么好，这不结勒！爱之何为，救之多事。

（《我的救国论》“要懂得爱，要懂得羞”。）

准上而言，亡国或否都是些闲话。本来，我看北京的情状，（全国其他各地，不知者不敢妄评）。大概谁都端正好箪食壶浆的了；否则虎狼屯于阶前，燕雀嬉于堂下，何其雅人深致哉。总之，即非闲话，今日之下亦以作闲话读才是。

正传有六点：（一）欧化不亡国，（二）欧化要亡国，（三）留学生及其他，（四）亡征之一，（五）亡征之二，（六）非亡不可，早已亡了，亡了也不要紧。

“欧”是广义的，美国欧之，日本亦欧之。欧化是学外国人。先承认外国人有比我们好的地方，继而承认一个人应该学好，自己即使好了，还该学更好的，（据胡博士说）既如此，学外国人原是不会亡国的，假如学得像。

假如学不像呢，那是要亡国的，不客气。我们确是学鬼子学得一点也不像，或者倒像它的背面。不但西装大菜是皮毛，即声光化电文艺美术也还是皮毛，东西洋人有如瑜亮，手心里同是一个字“干”，我们杜撰了一个“不”字。以“不干”学“干”，那是空前的学得不像。所以在这篇文字里，欧化的另一意义就是不欧化。

别的东西不知道学全了没有，这个诀总归不曾带来，或者在火车汽船里失掉了，以至一事无成，加速度的趋于灭亡。留学生正是传布这灭亡微菌的媒介，推销洋货的康白度。不论你学成或否，这种职务却是必然的。设有某甲，带回来的是会造铁路，会买洋货，他算能功过相抵；无奈中国没有这么多的铁路给你造，却有那么多的洋货给你买，久而久之，把本领还给了外国师父，而舶来的生活习惯却纹丝不动，历久常新，洋货确是美，爱美是人情；洋货用起来确是舒服，爱舒服是人情，洋货确是便宜，——在中国买洋货有时比在它本国还要便宜，爱便宜是人情；在国外用惯了的东西，在国内又碰见了，不由得伸手掏钱；爱故旧也是人情；假如他娶了洋太太，那更不得了，爱太太，人情以外还是义务。左也是人情，右也是人情，原来在他的意识底下，生活习惯里，其祖国至少有一部分是美英德法了，这似乎是留学生的命定。至于名流巨子功在国家者自当别论也。

不要将这恶名都栽埋在留学生身上，他们是急先锋，不就是大队，大队跟着先锋走。一从把微菌带了回来以后就站在最高处，顺风布散，既然深得民心，那自然有如水银泻地，无孔不入。你在市场里约五分钟，就证明这是事实。穿洋服的不必会说洋话，太太小姐们不见得都出过洋留过学，今日之下，是凭全社会的力以跑步姿势，向着灭亡的道路走。

在精神方面说，情钟势耀而已。我们并不曾，也不曾想学外国人之所以为外国人；只是爱他，怕他，靠他，媚他。好容易在至圣先师牌位前爬起来，而又在洋大人的膝前跌倒了。我们的前辈无非顽固，而我们这一代实在卑鄙，卑鄙到竖不起脊梁骨的程度，于是有了所谓高等华人。夫高等华人者，自居于卑下而以白种为天骄，欧美为娘家之人们也。以此治国，国胡不亡；以此教士，士胡不糟；群公不休，中国休矣。别的且不说，从九一八至于今日，除掉有点高调以外，举国上下差不多一心一意的在靠外国人；从头不抵抗，一也；饧糖般的泥着国联，二也；秋波瞟着太平洋的对岸，三也；以长期不抵抗为长期抵抗，四也；至恭尽礼以事游历团；至不惜自涂其国民革命成绩表现之标语，五也；大学教授们向游历团递上说帖，六也；打电报向美国乞哀，七也；"这样的一个自治省政府，我看不出有什么可以反对的理由"，八也；为北平有了文化的缘故，自己就要赌咒永不驻兵，九也。(有人疑惑，他们懂得文化不？假如中国全国都充满了文化，又怎么办？）不必凑上十景十全，九样还不够瞧吗？假如国难发生在英国，会不会把伦敦改为文化城，或者宣言牛津永不驻兵？比国当年甘心以乾坤一掷，只不许德兵假道，它为什么这末傻！是没有文化之故，还是不懂得文化之故呢？当年法败于德，法就割地，前年德败于法，德就签约。我们看见它吃苦，不看见它乞怜，不看见它痴心妄想靠人家吃饭；这才是洋鬼子的精神。我们的大人先生只是些假洋鬼子，此阿Q所贱的，何足道哉！

和战无不可，宁为玉碎，战固是也；不如瓦全，和亦不非。有力而战这个最好，无力而和也叫没法。有力该用力，无力得造力，只有依赖是终始可以一点不用力的，只要会作出可怜之色就够。所以分明是下策而视同鸿宝者，统治阶级别有会心的原故也。

先民的壮烈，风流顿尽了，鬼子的蛮性也学他不来的，虚脱是亡征之一，不但气亏，血也亏的。枯竭是亡征之二，韩非原说，“亡征者非曰必亡，言其可亡也”。但古今事异，竟易可亡之征，为必亡矣。“漏卮”这个名字，我近三十年前就在《申报纸》上见到，而三十年以后不知弄得怎么样了。原来大家眼底早已雪亮，谁不是明白人，无非利用这“眼不见为净”为苟活，甚至于不惜把子孙丢在粪窖里。以农为本的国家，要吃洋米洋麦；以丝著名于世界的，而士女们偏要着洋绸洋缎；（呢绒更不必说）电走的摩托是高等人的必需，其零星之件，消耗之油，无非“来路”，这才可以说是洋车。……“洋”“洋”乎，盈耳哉，是以公路长则汽车多，汽车多则亡国快；教育盛则高等人多，高等人多则亡国也快。交通教育之进展，宁无益于国家，然而中国的交通，不啻为帝国主义导夫先路，它的教育又不啻为买办阶级延揽人才。教育也会亡国么？斯未之前闻也，呜呼惨矣！

要找统计，恐怕更要不得了，入超好像是命。——不入超也正不得了。他们用大量生产的机制物来换我们一点一滴都是血汗的土货，生货，表面上即使以一换一，骨子里竟许不止以一换百。在劳动价值悬绝的货物交换之情形下，不入超也正不得了。何况入超，何况加急的入超，何况年年入超。

此可谓之物质文明乎，爱更好的表现乎？诚不能无疑也。可以说它是物质文明，但这是高利贷的物质文明——在“物质”上被人家的“文明”尽量剥削的意思。也可以说是爱好，但只可比作妓女之爱俏。我们大有不惜把万里山河换人家一小瓶香水的气度，谁说我们不慷慨呢！

爱更好，学者已证明了，爱好最是人情，但我不说我们“爱好”，我说我们“眼皮浅”，这是“失之毫厘缪以千里”的。何谓爱好？我见人家有一物甚好，玩之赞之，思有之之谓也。偷之抢之，固属白拿，究竟不妥，租之买之，事颇合法，然而破钞矣。第一个应转的念头，是我们能不能仿做得一样好，甚而至于比它好。假如可以，就该做去。第一次做不好，第二次再做，今儿不成，明儿再干。所谓愚公移山，精卫填海，（当然不是在朝出洋的那一位）真正爱好的人不但要在事实上，占有此“好”，而且要把我的生命力和它接近。

“何为纷纷然与百工交易，何许子之不惮烦？”既然不得不以其所有，易其所无，那就只好破钞。钞是筹码。事实上仍旧以物抵物。今合众国有大汽车焉，而我们悦之，（有人主张压根儿原不必爱汽车，虽颇干脆，恐非人情。）仿造最好，不能唯有交换。如我们拿飞机给它交换，那是上策；拿小工厂制品给它交换，那是中策；

拿生货给它交换，那是下策；不够的交换，负的交换，那是无策。上不吃亏，中吃小亏，下吃大亏；上常常为之，中偶一为之，下则万不得已而始为之。返观我国，生货却是出口贸易之大宗，负的交换又好比家常便饭；是以海运一开，破钞其名，破产其实，以破钞始，以破产终。爱好虽是人情，但这样的爱好不必是人情，爱更好虽是正理，但这样的爱更好不必再是正理；我不欲玷污好名字的清白，所以叫这种皮气为眼皮浅。

我在中国看见电灯十年以后，在伦敦还有煤气灯。（听说今天还有。）中国的物质享用似乎并不落人后。可以说中国的物质文明也不落人后吗？你好意思不？我们只会沾光白吃，我们只想沾光白吃。在前辈妄自尊大，则谓之大爷皮气，在我辈胁肩谄笑，则谓之奴隶根性。大爷奴才虽有云泥之别，而其想沾光白吃之心，固历数十年如一日。人家为什么肯给咱们沾光白吃呢！既借了债，总要加本加利还人家的，然而当我们做大爷时不觉也。是大爷末，那里会觉得呢。由大爷骤降为奴才，明是积年被重利盘剥所致，然而仍不觉也。及至做了奴才以后，则其沾光白吃更视为应有之特权，恐怕也不会再觉得了吧。是以豪情逸兴，非特不减当年，且亦前程远大，未可限量云。

全国的人，穷人跟着阔人，阔人跟着洋人，以洋人领头走成一条直线，男的女的，老的，少的，蠢的俏的，如水长流归于幻灭的大壑。而在奔流之俄顷，一线的行列中，自己更分出种种阶级来。生得伶俐俊俏，容易见主人的青眼的偶蒙赏赐一片冷牛肉，就吃得感激涕零而自谓知味；愚拙不幸的伙伴，则方日在亲炙鞭笞之中，仰望同侪，又曷胜其向往。“九渊之下尚有天衢”，然哉然哉！

话虽不堪，无奈是实情；好像很苦，其实也未必。“吾鞭不可妄得也”。牛肉确乎也很好吃的。沾光白吃的大愿反正已经达得，则去当人家的奴才，正是“求仁得仁”，而又何怨之有！

“中国不亡是无天理”。可谓名言矣。有人疑惑占卜的不灵，他可太不开眼了。以为中国没亡么？有何是处呢，不过没有亡得干净罢了，况且现在正加工加料地走着这一条路——甚至于暗中在第二条路上同时并进，这是灭种。“灭种吗”？“是的，名词稍为刺眼个一点，其实也没有什么的”。神情冷淡，有如深秋。此足为先进文明之证矣，但其是否舶来，且留待史家的论定罢。

数了这一大套贫嘴，很对不起诸君。但谚曰，“为人不作亏心事，半夜敲门鬼不惊”，敲之在我，惊否由君。即使有一夜，忽然听见鬼来了，似乎不大名誉相，而在另一意义上，五更不寐，何必非佳。乌鸦固丑，却会哀音，大雅明达，知此心也。

二十一，十一，三。

国难与娱乐

日前与某居士书曰："看云而就生了气，不将气煞了么?"可见看云是很容易生气的。此文不作自己以及他人之辨解云。

单是"东师入沈阳"足以成立国难的，有九一八的《北晨》号外为证，其大字标题曰，"国难来矣"，洵名言也，国难于是乎真来了。别人怎么说，不知道。各人可以自定一个标准——国家人民吃苦到什么程度才算受难，——但既定之后似乎不便常常改变，有如最初以沈阳陷落为国难，而到后来听说××不要占北京就要开起提灯会来，——那原是没有的事，我嘴闲。至于娱乐，一切生活上非必要的事情属之，如吃饭不是，而吃馆子当是娱乐，在家中多弄几样菜，邀朋友闲话，算娱乐不算，似中央党部尚少明文规定，今为节省纸墨起见，不再啰嗦。

国难和娱乐的冲突只有一个情形，（在火线上送了命等等，当然不算。）假如人人都有一种应付国难的工作在手中丢不下，那就自然而然有点不暇顽耍勒——其实工作暂息，仍不免寻寻开心的，姑以不暇顽耍论。试问今日之下，我们有这种福气没有？

于是国难自国难，娱乐自娱乐，若谓其中有何必然的连锁，惭愧“敝人”未名其土地。就常情言之，有了国难，始有救国的口号，救国者救其难也。国家好比嫂子。嫂子啊呀入水，救她当然用手，不能托之空言，而用手是工作。故国难与娱乐假使会有冲突，必然在救国的工作上；否则国难只是一个空名词，空名词不会引起什么冲突的。然而一切的工作本不和娱乐冲突，救国的工作，名目或者特别好听点，安见得便是例外。娱乐可以促进工作的效能，而不妨碍它，这总不必让教育学博士来开导我们的。反过来看，不娱乐只是不娱乐，也毫无积极救国，免除国难的功能，除非你相信吃素念《高王经》会退刀兵。即使“四海遏密八音，”（伏下，自注。）也不能使人家的十一架飞机不来；何况“遏密”也不很容易哩。颠倒算去，“有国难就不娱乐，”这是既不能使它普遍，也不必要它普遍的，质言之，一种畸人的行径而已。

难能颇可贵，我不十分反对这种行径。它是一种表示，一种心理上的兴奋，或者可以希望有一点传染性的兴奋，以古语言之，振顽立懦。你就是么？久仰久仰，失敬失敬！朋友，做这类事情总须得点劲才有意思不是？但得劲却是不易。你先把什么是国难弄清楚了，把什么是娱乐也弄清楚了。譬如你觉得吃荤有点儿不必要，那就吃国难素；既认失却某地为国难的起点，那末，在某地未光荣地收复以前，千万别开荤。老先生，在这个年头儿，不是小子擅敢多嘴，您颇有一口长斋的希望哟！我老早说过，这是畸人的行径哩。以小人待天下，固不可为训，径以圣贤待之，亦迂谬甚矣。至于听见飞机来了才赶紧“封素”，这种闻雷吃斋的办法，敝人莫赞一词。

我说“不十分反对”，可见我不是一点不反对。是的，即使澈底持久吃起国难素来，我也有点反对的。这虽是个人的行为，也不宣传，但也很容易使人觉得吃素就是救国工作之一，这又是宗教上，法术上的顽意来了，敝人不胜头昏。前在某处谈话，我们说东方人有种皮气不大好，似乎相信冥漠的感应，又喜欢把个人和国家相提并论，这远不如洋鬼子。东方式的自杀，表面上似很可赞美的，其实没有什么道理。他总觉自己一条穷命太重要，重要得有和国家一字并肩的资格，所以不妨（不敢说他有意）把国事弄糟了，然后自杀以谢国人。这实在胡涂得利害，皮气也很不善良。如这一回的事件，有个朋友说，“我们的当局应该在对日的和约上签了字，然后一手枪自杀。”这原是随便说的。若认为和约非签不可，被刺是意中也许是意表，自杀总之不必，冤。若认为和约有损于国，那么自杀只是中国多死了一个人，也不是什么对于国家的补剂。吃国难素至于绝食，及停止一切娱乐，其根据均在自我中心论和一种冥漠的感应观念上面。这是一种法术的类似，使人容易逃避对于国难及原因的正视，使人容易迷误正当解决的方法，这有一点点的深文周内，未可知，但我确是如此说的。

其另一点，便是“泄气”。有了激烈的感情，必须给它一个出路，给了就平安，不给就闹。今有至热的爱国心于此，不使它表现实际救国的工作上，而使它表现在仪式上，岂不可惜。说到停止娱乐，不由得连想起丧事来。一家死了人，一家哭，一国死了人，一国哭。哭得伤心，哭得不错。因为死生有命，“阎王注定三更死，谁敢留人到五更”，我们也只好用仪式之类表示衷心之哀悼，老实说，这是人类运命的暴露，决不是什么名誉。假如科学上发明了返生香，还魂丹，那时亲人正在咽气，马上给他弄活了，开了汽车去顽耍，岂不有趣，岂不比现在做儿子的寝苫枕块，披麻带孝强得多么？今日国难之来也，明系人谋之不臧，并非苍天之不佑，何必回过头来，装出这种阘茸腔呢？

国难期间停止一切的娱乐，若全国人民没有热情，是做不到的；若有，更是不该做的。所以我到底想不出国难和娱乐有什么因果的关连，我更讨厌“国难这么严重还有心顽耍吗!”这种道貌岸然的工架。我看云生气。

二二，五，二六，十一架日本飞机 visit 北平之日。

进　城

公共汽车于下午五时半进城去。

圆明园是些土堆，以外，西山黯然而紫，上面有淡薄橙色的晕，含着一轮寒日。初冬，北地天短，夕阳如箭，可是车儿一拐，才背转它，眼前就是黄昏了。

海甸镇这样的冷落，又这样的小，归齐只有两条街似的，一走就要完。过了黄庄，汽车开到三十哩上下，原野闪旋，列树退却，村舍出没，……谁理会呢，不跑得够了，瞅得腻了吗？谁特意向车窗伸眼呢。这些零星的乾黄惨绿也逐渐混融在不分片段，灰色的薄霭之中。

才上车时，大家谈笑，车行渐远渐远，摩托和皮轮切地的噪响无情无理的絮叨着，觉得说话也费劲吧，慢慢的都少开口了。（若有女洋人在车上，那算是例外。）快啦，稳稳的坐着吧。

电灯刺眼，略略的一动，关厢便到了。高亮桥也算古迹，使人气短。行路的穿起厚棉袄。城门张着圆嘴，待吞汽车。就凋零的丽谯，当面黑影兀立，倒是蛮高蛮大的。进城已在晚上，可惜我忘却它的名字，它的往事了，并忘却了曾留给我一屑屑的感触。它只是这么一个有房子，有街道的方方的城圈而已。

车门砰的开合，搭客就少了几个，到近终点，照例只剩下二三，并不定是知己。有时节只剩下一个我，一个开车的，一个跟车的。我就机器般下了车，搿着，拎着那包袱，东张西望的。他们有时顺嘴招呼着，如“慢走”“低头”之类，于是不久就有一辆人力车慢慢的拖着一个客人，平安地回去了。

“分明一路无话，也是文章吗？冤人。”原不知是不是。但恁老最圣明，万一而“有话”，那决不外轮胎爆烈，马路抛锚，甚至于一头撞在电线杆上，车仰人翻，再甚至于《水浒传》式的一声大喊，连黄棉袄也会摇摇的，岂不糟勒吗？南人谓之吃勿消，北人则曰受不了，我又安得今日之下，寻闲捉空，铦笔扯纸，弄得一塌糊涂哉。

况，无话者有话不曾说之谓也。小说上不常有“一宿无话”吗？

二十二，十一，二。

元旦试笔

从前在大红纸上写过“元旦举笔百事大吉”之后，便照着黄历所载喜神方位走出去拜年。如今呢？如今有三条交错重叠的路，眼下分明。

第一指路箭正向着“亡国”。以神洲有限之膏腴，填四海无穷之欲壑，菁华已竭，褰裳去之，民尽为丐，则不如奴才矣。自由之民，期为人奴，此之谓亡国路。

第二个是灭种。于吃饭以外懂得要点麻醉，洵不愧万物之灵也，今日鸦片曰烟，吗啡曰针，白面而红其丸，是富贵人的 hobby，是穷苦人的酒杯，是……的生财有大道，非华夏之国宝欤？无奈杞人之妻夜夜听他家先生的叹息，腻腻儿的。灭种？远咧。然而不然，一眨眼这么一大节，（要用手来比）远杀也是够瞧的，且此路幽深，何堪向尽。降为行尸，不如丐兮，前夜卖身，今儿找绝了。

第三是……。民不乐生，奈何以生诱之，民不畏死，奈何以死惧之。死宁不畏，生不乐故。生何不乐，不快活故。大鱼吃小鱼，小鱼吃虾，虽是正理，但偏有一班讨厌鬼开心地要问，要想虾的前程或者团圆。有的说，虾将来许会反咬渠们一口，我可不大信，试想溜往洋面上的大鱼，虾儿们咬得着吗？更有人说，龙虾也该是来路的好，甘心被它咬一口，也正复难定。这也不知道。总之，这种麻烦的问题，老僧不知。

暗雨危楼，临窗灯火，中有万幻的姿形，供闲云的凭吊，而三条煞气，一抹罡风，围着蜃楼打旋。您觉得危字不大够勒吗？殊不知罡风之外别有罡风，煞气之外另有煞气哩。

九万扶摇，吹往何处？究竟究竟，衲也不知，除非去叩求先圣周公。

一九三三，十一，七，预作。

秋荔亭记

池馆之在吾家旧矣，吾高祖则有印雪轩，吾曾祖则有茶香室，泽五世则风流宜尽，其若犹未者，偶然耳。何则？仆生猪年，秉鸠之性，既拙于手，又以懒为好，故毕半生不能营一室。弱岁负笈北都，自字直民而号屈斋，其形如弄而短，不屈不斋，时吾妻未来，一日搴予帘而目之，事犹昨日，而尘陋复若在眼。此所谓不登大雅之堂者也。若葺芷缭衡，一嵌字格，初无室也。若古槐，屋诚有之，自昔无槐，今无书矣，吾友玄君一呼之，遂百呼之尔，事别有说。若秋荔亭，则清华园南院之舍也。其次第为七，于南院为褊，而余居之，辛壬癸甲，五年不一迁，非好是居也。彼院虽南，吾屋自东，东屋必西向，西向必岁有西风，是不适于冬也，又必日有西阳，是不适于夏也。其南有窗者一室，秋荔亭也。曰，此蹩脚之洋房，那可亭之而无说，作《秋荔亭说》。夫古之亭殆非今之亭，如曰泗上亭，是不会有亭也，传唱旗亭，是不必有亭也，江亭以陶然名，是不见有亭也。亭之为言停也，观行者担者于亭午时分，争荫而息其脚，吾生其可不暂且停停耶，吾因之以亭吾亭。且夫清华今岂尚园哉，安得深责舍下之不亭乎？吾因之以亭吾亭。亦尝置身焉而语曰，“这不是一只纸叠的苍蝇笼么？”以洋房而如此其小，则上海人之所谓亭子间也，亭间今宜文士，吾因之以亭吾亭。右说秋荔亭讫，然而非也，如何而是，将语汝。西有户以通别室，他皆窗也，门一而窗三之，又尝谓曰，在伏里，安一藤床于室之中央，洞辟三窗，纳大野之凉，可傲羲皇，及夫陶渊明。意耳，无其语也，语耳，无是事也。遇暑必入城，一也。山妻怕冷，开窗一扇，中宵辄呼絮，奈何尽辟三窗以窘之乎，二也。然而自此左右相亭，竟无一不似亭，亭之为亭，于是乎大定。春秋亦多佳日，斜阳明炆，移动于方棂间，尽风情荔态于其中者影也，吾二人辄偎枕睨之而笑，或相唤残梦看之。小儿以之代上学之钟，天阴则大迷惘，作喃喃语不休。若侵晨即寤，初阳徐透玻璃，尚如玫瑰，而粉墙清浅，雨过天青，觉飞霞梳裹，犹多尘凡想耳。薜荔曲环亭，春饶活意，红新绿嫩；盛夏当窗而暗，几席生寒碧；秋晚饱霜，萧萧飒飒，锦绣飘零，古艳至莫名其宝；冬最寥寂，略可负暄耳。四时皆可，而人道宜秋，聊以秋专荔，以荔颜亭。东窗下一长案，嫁时物也，今十余年矣。谚曰，“好女勿穿嫁时衣，”妻至今用之勿衰，其面有横裂，积久渐巨，呼匠氏锯一木掩之，不髹不漆，而茶痕墨沈复往往而有。此案盖亲见吾伏之之日少，拍之之日多也，性殆不可强耳。曾倩友人天行为治一玺曰，“秋荔亭拍曲”，楷而不篆。石骨嫩而鬼斧铦，崩一棱若数黍，山鬼胶之，坚如旧，于是更得全其为玺矣。以“曲谈”为“随笔”“丛钞”之续，此亦遥远之事，若在今日，吾友偶读深闺之梦而笑，则亦足矣，是为记。甲戌清明，即二十三年之民族扫墓日。

人力车

妻说，“近来人力车夫的气分似乎不如从前了。”虽曾在《呓语》中（《杂拌》二末页）说过那样的话，而迄现在，我是主张有人力车的。千年前的儒生已知道肩舆的非人道，而千年以后，我还要来拥护人力车，不特年光倒流，简直江河日下了。这一部二十五史真有不知从何说起之苦。

原来不乘人力车的，未必都在地上走，乘自行车怕人说是“车匪”，马车早已没落，干脆，买汽车。这不但舒服阔绰，又得文明之誉，何乐不为？反之乘人力车的，一，比上不足，不够阔气，二，不知道时间经济，三，博得视人如畜的骂名，何苦？然则舍人用汽者，势也，其不舍人而用汽者，有志未逮也。全国若大若小布尔乔亚于民国二十四年元旦，一律改乘一九三五年式的美国汽车，可谓堂而皇之，猗欤盛哉，富强计日而待也，然而惨矣。

就乘者言之，以中夏有尽之膏腴塞四夷无穷之欲壑，亡国也就算了，加紧亡之胡为？其亦不可以已乎？此不可解者一也。夫囊中之钱一耳，非有恩怨亲疏于其间也，以付外汇则累千万而不稍颦其眉，稍颦其眉，则“寒伧”矣，不“摩登”矣。以付本国苦力，则个十位之铜元且或红其脸，何其颠倒乃尔？其悖谬乃尔？此不可解者二也。

就拉者言之，牛马信苦，何如沟壑？果然未必即填，而跃跃作欲填之势。假如由一二人而数十百人，而千万人，而人人，皆新其车，为“流线”，为“雨点”，……则另外一些人，沟壑虽暂时恕不，而异日或代之以法场，这也算他有自由么？这也算伊懂人道么？其不可解者三也。

我们西洋是没有轿子人力车的。洋车呼之何？则东洋车之缩短也，即我大日本何如你支那车多。故洋车者中国之车也，汽车者洋车也，必颠倒其名实，其不可解者四也。

古人惟知服牛乘马，以人作畜，本不为也，荆公之言犹行古之道也。然古今异宜，斯仁暴异矣。又今之慕古者能有几人，还是“外国人吃鸡蛋所以兄弟也吃鸡蛋”这句话在那边作怪。情钟势耀，忍俊不禁，彼且以为文野之别决于一言也，斯固难以理喻耳。

我主张有人力车，免得满街皆“汽”而举国为奴，犹之我主张有鸦片，以免得你再去改吃白面。

若尽驱拉车的返诸农工，何间然哉，而吾人坐自制的蹩脚汽车，连轮比轸，动地惊天，招摇而过市，其乐也又甚大。想望太平，形诸寤寐，俟河之清，人寿几何。数十寒暑已得其半，则吾生之终于不见，又一前定之局也。

人力车夫的气分渐渐恶劣，许是真的，我想起妻今晨这一句说话。

二三年国庆后二日

闲　言

非有闲也，有闲岂易得哉？有了，算几个才好呢？或曰：暇非闲，解铃还仗系铃人，而乌可多得。

夫闲者何也？不必也，试长言之，不必如此而竟如此了也。天下岂有必者乎？岂有必如此必不可如彼者乎？岂有必如彼必不可如此者乎？岂有非恭维不可者乎？……终究想不出这是怎么一回事也。

于是以天地之宽，而一切皆闲境也；林总之盛而一切皆闲情也。虱其闲者是曰闲人，闲人说的当曰闲话。——这名字有点旺麻子张小泉的风流。不大好。俗曰“闲言闲语”，然孔二夫子有《论语》，其弟子子路亦然，以前还有过《语丝》，这语字排行也不大妥当。况乎“食不语寝不言”，我说的都是梦话哩，这年头，安得逢人而语，言而已矣。

言者何？无言也。红莲寺的圣人先我说过了。昔年读到“知者不言，言者不知”，颇怪道德五千言从那里来的。“予欲无言”，所以都说国师公伪造五经。他有此能耐乎，可疑之极矣！

再查贝叶式的“尔雅”，“言，无言；无言，言也。”疏曰：“无言而后言，知无可言则有可言，知绝无可言，则大有，特有可言也。”善哉，善哉，樱桃小口只说“杀千刀”，一礼拜之辛苦不可惜么？

试引全章——

子曰，“予欲无言。”子贡曰，“子如不言则小子何述焉？”子曰，“夫何言哉，四时行焉，百物生焉，夫何言哉！”

此从章氏“广论语骈枝”说，鲁论之文殆如此也。圣则吾不能，乃自比于天，恐无此荒谬的孔子。

“万物静观皆自得，四时佳兴与人同，”在天地之间者毕矣。何可说，何不可说；何必说，何必不说。五千言不算少，无奈老子未尝以自己为知者，所以咬它不倒。凡圣贤典文均认真作闲言读过，则天人欢喜。

不幸而不然，它一变而为沈重的道统，只有我的话能传，载，负荷；我一变而亦为道统，要无尽的灰子灰孙来传，载，负荷，那就直脚完结，直脚放屁哉！话只有这一个说法，非如此不可的，却被我说了；那末你呢？如彼，当然不行，不如彼也不行。不如彼未必就如此，会如伊的，如伊又何尝行。——总之，必的确如此而后可，这是“论理”。至于“原情”，的确如此也还是不可以。“既生瑜何生亮，苍天呀苍天!”你听听这调门多糟心！所以必须的确如此而又差这么一点，或者可以 pass，好不好也难说，你总是不大行的。对你如此，对他，伊，她，渠无不如此的，我之为我总算舒服得到了家了。人人都要舒服得到家，而从此苦矣。这是“箭雨阵”。《封神榜》所未载，《刀剑春秋》所不传，你道苦也不苦。

此盖只学会了说话，而不曾学会说闲话之故也。闲话到底不好，闲言为是。言者何？自言也。“闲言”之作，自警也。宁为《隋唐》之罗成，不作《水浒》之花荣，此衲子在癸酉新春发下的第一个愿，如破袈裟，亚们。

驳《跋销释真空宝卷》

此宝卷最近始得见，并读了胡适之先生的跋，觉得错误很多，兹分别驳正之。在此文开始就有了两段架空的话：（原文见《国立北平图书馆馆刊》五卷三号）

《销释真空宝卷》抄本一卷，和宋元刻的西夏文藏经同在宁夏发现，故当时有人据此定为元抄本。这个证据是不够的，敦煌石室的藏书，有五世纪的写经，也有十世纪的写经；正如我的案头不妨有敦煌唐写本，也不妨同时有民国二十年的日历。

我初见此卷，颇疑心此卷是明朝的写本，也许是晚明的本子。研究的结果更使我相信晚明之说，卷中称孔子为“大成至圣文宣王”。这个称号起于元大德十一年，到明嘉靖九年始改称“至圣先师”。但这样的一个封号，决不是一经公布便会到民众文字里去的，也不是一经政府改号便会消灭的，故这个尊号可以证明此卷不会写在元大德以前，却不足证明此卷不出于明嘉靖以后。

他说有人定此为元抄本证据不够，但胡先生定此为明抄，晚明抄本，证据就够了么？还是更加不够？此卷既与宋元刻本在同处发见，除非另有确证证其晚出，则假定为元抄，或明初抄本似无不合，至少要比晚明更近点情理。

再说胡先生初见此卷，何以便要疑心是明朝的，也许是晚明的本子？他还没有研究？他还没“拿出证据来”呢？都没有，先疑心，为什么？从这疑心研究出来的结果难道靠得住吗？我们也有点疑心了。质言之，像这样的考证法，是演绎而不是归纳。他只是繁征博引拐湾抹角以证明他的初见的不错而已。究竟一个人的初见错与不错事在两可，但这种以先入为主的态度却往往是错的。

就他找来的证据看，孔子有文宣王之号在元大德，明嘉靖之间，照常情说，把这宝卷也放这期间以内就可以过去了。胡先生偏不。他偏要精益求精，绕着弯说，(文言谓之曲说）归齐说到，“却不足证明此卷不出于明嘉靖以后，”这便是委曲所提出的证据来迁就自己的初见了。

还要补足几句：假如以外的证据都足以证明宝卷的后出，那末，这两段的说头虽然架空，也可以说得过去的；假如正面的证据没有呢，甚至于有了反面的，那不但说不过去，简直压根儿不必说哩，宁夏的发见何预于胡适之的书桌，孔子的新头衔究竟要经过怎么样一种时间才到民间，也不劳子细的揣度罢。

他又以为“真空”是和尚的名字，引据东文数条后，接着说，“不幸我遍查元明两代的佛教史传，总寻不着这位真空和尚的来踪去路。”真空既是这么一位开山祖师，而在佛教史传并无踪迹，胡先生这时候非但不怀疑，倒反引《人名大辞典》极不相干的条文，他自己也知道靠不住的罢。先要问，“真空”既是和尚的法名，本卷名为“销释真空，”把“销释”二字加在和尚的名字上面作何解释？譬如胡先生在下所引“清源妙道显圣真君二郎宝卷，”这清源妙道显圣等字样，是很容易明白的。“销释真空”有同样的明白吗？胡先生关于这点却一字不提。且照他所引这几条，真空可说是专名，但在本卷上另有“古弥陀，空劫外，原是真空，”这真空是不是和尚的名儿呢？假如不是的，那就算在彼处的真空确是法名，而“销释真空宝卷”以和尚之名得名，这个论证决不算圆满。有了个和尚名叫真空，就可以把以外文字中的真空加上专名标吗？何况，这儿所谓“真空祖师”会不会竟是子虚公，乌有先生？不由得想起《西游记》来了。我们若在《人名辞典》上去查孙猴子的老师菩提祖，又在《地名辞典》上去查灵台方寸山斜月三星洞，查得着，查不着？查着了，是不是？

最重要的，在以下的跋文直至结尾，千句归一，胡先生是在证明宝卷本于《西游记》小说，而《西游记》是吴承恩做的，吴死在万历八年，所以宝卷的著作至早不得在万历中期以前，也许还要更晚一点。这个论断的是非却正有审察的必要：老实说，我说胡先生立论架空，但我前边的话也未始不架空，也正是半斤八两。以下颇想力避此病。我们先看宝卷原本小说，他有什么根据？于全引本文后他接着说：

我们看这一大段，更试将此中的取经故事和《唐三藏取经诗话》，吴昌龄的《西游记》曲本，吴承恩的《西游记》小说相比较，便可以看出此卷的取经故事决不是根据元朝流行的《西游记》的，乃是根据于吴承恩的《西游记》的。试举几个例证。（一）元人剧中称孙猴子为通天大圣，而此卷已称齐天大圣。（二）元剧中无黑松林。（三）元剧无罗刹女。（四）元剧无牛魔王。（五）元剧无地勇夫人。（六）元剧无蜘蛛精。（七）元剧无灭法国。（八）元剧无弥勒佛“愿听法旨”的事，只有吴承恩小说里有弥勒佛收小雷音妖王的故事。（九）元剧无戏世洞，这就是吴承恩小说中的稀屎同，因为名字不雅，故用同音的戏世洞。凡此诸例，都可证此卷作于《西游记》小说已流行之后，所以卷中的取经故事都是根据这小说的。

他的方法是把宝卷的内容，和其他的材料来比较，比较之后，便可以看得出怎么怎么来。这应该分别讨论的。上文虽列《取经诗话》，但下文却不提，亦未与宝卷作任何比较。这诗话不论其为宋刻元镌，而故事的流传总在宋朝，这大概不会很错的。就内容论，与元以后的西游记载小同而大异，许是这故事早年的面目罢。譬如孙行者是非常文雅驯谨的，显与以后的任何的《西游记》违反。即取经时所经过的魔难也大半截然与其他的记载不合；惟鬼子母国，在后之戏剧小说里转化为红孩儿之难，小说中又另分出“小子国”的故事——虽然只有一点点的勾搭；又如女人国事亦为戏剧小说所保留。概观此书的记叙，与后来一切的《西游记》，不但故事上许有系统同异的问题，而年代也差得较远罢。因胡先生没有说到，原不必评论，只略为补叙如右。

胡先生——这一段的说头共分两层：（一）宝卷异杂剧而同小说，（二）故宝卷不根据杂剧，（暗暗包含着不和杂剧同时的意思）而根据小说。我们最先不妨擅定胡先生的前提是对的，看看他的判断是否跟着也对；然后回头再看这前提究竟对呢不对。宝卷与杂剧异，可以证明它不根据它吗？可！还可以证明它们不是同时代的作物吗？不可！原来戏剧与小说（假定宝卷属于小说）的发展往往不是一个系统的，却是两个系统的平行与交错。所以我们要证明某小说不根据于某戏剧而另有其来原，或者倒过来，那是很容易的；但拿故事的歧异而推算年代的先后却较为困难。例如胡先生在《水浒传考证》里引了许多元剧，归齐说到元朝没有《水浒传》，（《文存》三，页九七—— 一一二）那是不很妥当的。郑振铎先生有驳正此说的文字，理由颇充足。（《水浒传的演化》，《小说月报》二十卷九号，页一四〇三）因为我们决不信明初也没有《水浒传》。再用《三国》来讲，亦属明白，元明两代的《三国》戏，也和《水浒》戏一样，有些极自由的描写，如《也是园书目》里载有元明无名氏杂剧，文虽不可见，观其名目已与演义大殊，如“莽张飞大闹石榴园”“张益德大破香林庄”之类，其描写的自由岂不就是元曲中的黑旋风，但是我们谁能否认元至治本的平话，明初撰述，嘉靖本的小说呢？以今日言之，皮黄剧中的《黄鹤楼》（近来平话发见了，才知道它的出处）昆腔的《芦花荡》，岂不也与通行的演义不同，难道我们不曾读过，熟读过毛本《三国》吗？更难道我们的时代只有雏形的三国故事，没有《三国演义》吗？

这是浅显的事理，拿《水浒》《三国》推论到《西游》，并不能算是冒险。宝卷与曲本之乖异，只能说井水不犯河水，戏毕竟是戏，小说只是小说，来历各别，需要不尽同；却不能轻易断定二者年代的后先。如说杂剧是元，宝卷与它不同了，就不会也是元，又不是宋，那定是明，以至于晚明。胡先生原不曾如此立言，他至多以故事的相同，来说“可证此卷作于《西游记》小说已流行之后”，却没有以故事的不同，明说“此卷必不作于《西游记》曲本流行之日”。不过我们知道宝卷既作于明小说以后，决不会再作于元曲的同时代的。

但故事的相同当真足具这种证明的资格吗？这也未必。假如甲乙二者相似，最简单的解释就有三个：甲出于乙，乙出于甲，甲乙同为丙所出；这三个假设的情状有类似的或然性的，何以见得甲必出于乙？胡先生因卷中故事同于小说，便武断宝卷必出于小说，正犯了与上例同样的谬误，何况宝卷文字里正有避宋讳的情形，（虽也许是讹写）又与宋元刻的西夏文书同出于宁夏呢，胡先生何以见得宝卷出于小说？证据又在那里？

上文说胡先生的前提是对的，而他的判断已未免有些随便了。但我并不曾认真说胡先生的前提是对的，不过先这么假定而已，现在回过头来再想一想。说宝卷和小说同，完全相同吗？说它与曲本不同，完全不相同吗？以我的看法，假如没有看花眼，同者不尽同，异者不尽异；既如此，那末说宝卷必定不会根据这个，必定要根据那个，兀的不闷杀人也么哥。所用的方法也是一桩一桩拿来比较。

宝卷之文甚简，其标题虽与小说同，而内容究竟同否却也难定。火焰山在五十九回。黑松林两见，一在二十九，一在八十回。罗刹女在六十一回。流沙河在二十二回。系沙僧阻路，但宝卷上文先出沙和尚，有“四圣随根”之文，似与小说并不合。红孩儿在四十至四十二回。地勇夫人（小说作地涌）在八十三回。牛魔王在五十九至六十一回。蜘蛛精在七十二回。这些名目虽和小说相同，但其次序悉已凌乱，并不真像以小说为蓝本然后写的。或者由于文字拙劣的原故罢？至多也只可以这么说。总之以名目之同引申为真正的相同，更进一步，假设某出于某，那已是不可靠的。何况只就这简单的标题中；（宝卷中只罗列了一些西游故事的标题）已经看得出许多和小说相异之点来，这难道不够摇动胡先生宝卷根据小说的立论点吗？因为胡先生自己也用过这个“求异”的法子，来证实小说决不根据元曲的。

除流沙河与沙和尚两处分见，似不合小说外，其他异点试略举之。罗刹女与牛魔王分见，而牛王另与蜘蛛精连文，其词曰：“牛魔王，蜘蛛精，设（殆摄之误）入洞去，南海里，观世音，救出唐僧。”（依据胡先生的标点）在七十二回，蜘蛛们曾把唐僧摄入盘丝洞这是有的，但牛魔王却并未拐走唐三藏，只是路阻火山而已，今俱曰“设入洞去，”不合之点一。观音救唐僧是《西游记》中的老套头，偏偏不凑巧，牛魔王蜘蛛精之难都不是他老人家来救的。不合之点二。

胡先生更引灭法国，以为元剧无之，当然以为小说是有的了，不错，小说是有灭法国的，但因宝卷之文在此略详，立刻露出马脚来。原文是“灭法国，显神通，僧道斗圣；勇师力，降邪魔，披剃为僧。”灭法国在八十四回，查无僧道斗圣事，只是孙猴子在一晚上替一国的人都剃了一个光头罢了。所以卷文若作“灭法国，显神通，披剃为僧。”那就谁也没话讲；现在偏多说了几句话，弄出麻烦来了。僧道斗圣，原是印度的老故事，虽然天竺未必有道士，《西游记》上却只有一处最明白，在四十五至四十六回上，车迟国，不但有比法的故事，并也有把邪魔变成沙弥的痕迹，那是很有味的，引录一小段：

正说处，只见那虎力大仙道：“陛下，第三番是个道童。”只管叫，他那里肯出来？三藏合掌道：“是个和尚！”八戒尽力高叫道：“柜里是个和尚！”那童儿忽的顶开柜盖，敲着木鱼，念着佛，钻出来，喜得那两班文武齐声喝采，吓得那三个道士钳口无言。国王道，“这个和尚是有神鬼辅佐，怎么道士入柜，就变做和尚？纵然待诏跟进去，也只得剃头便了，如何衣服也能趁体，口里又会念佛？国师啊，让他去罢！”

其中显然有错杂的关系，灭法国与车迟国俱有剃头的故事，却俱不甚合，灭法国降的不是邪魔，而是皇帝后妃，车迟国的虎羊鹿虽是老妖精，而这无辜的小道童恐怕不是小妖精罢。再看这宝卷的口气，在降魔披剃以前，冠以“勇师力”三字似系很严重的节目，即把灭法改成车迟也还是未必真对。总之，这一段卷文全与小说乖午，不合之点三。

卷中接着说，“兜率天，弥勒佛愿听法旨，”这不知是怎么一回事，元戏固然没有，胡先生以小说的六十六回“弥勒缚妖魔”当之，似嫌轻率。除掉弥勒佛一名号的相同外，了无似处，在六十六回上说他“径转极乐世界，”可见他不在兜率天，不合之点四。

“极乐国，火龙驹，白马驼经。”白马驼经对了，以外也还是不对。在小说第八回上说它是西海龙王敖闰之子，虽下尚有纵火烧了明珠之文，已是玉龙而非火龙，它也不家住极乐国。“火龙”这一点反与戏剧相近，说详下。不合之点五。

“戏世洞，女儿国，匿了唐僧。”适之先生解释戏世洞说，“这就是吴承恩小说中的稀屎同（六七回），因为名字不雅，故用同音的戏世洞。”这竟不知胡先生在说笑话，还是讲正经？他何以知道作宝卷人的心思？他何以知道嫌其名字不雅？他何以知道“这就是”？夫戏世洞之非稀屎同亦明矣，举数说驳之。同音虽可假借，但一个山洞不是一条胡同，这是人人都懂的，岂可乱借？不可解者一也。若说稀屎其名不雅，（其实，道在屎溺也未尝不雅。）依小说上看此乃俗呼，原名稀柿，稀柿更有何不雅？作宝卷的舍至近之稀柿同不用，反改同为洞，谐稀屎为戏世，何其不惮烦耶？不可解者二也。适之既知道稀屎同事在六十七回，难道不把这回文字找来查一查，唐僧究竟在此地被妖怪藏过没有？好像是没有查的，不可解者三也。戏世洞之文下连女儿国，而女儿国事在五十四回，五四之与六七相去颇远。若依胡先生之说宝卷是依据小说的，何缘远引相距十数回之文。不可解者四也？——若用谐音的猜谜法，我觉得于其读戏世洞为稀屎同，不如读为蝎子洞，即毒敌山琵琶洞是也。以较旧说则有三长：（一）洞字不改读，有洞方可藏僧。（二）事在五十五回正与五十四回的女儿国衔连，不但是衔连，且有一些交错。（三）蝎子精确是把唐僧藏了起来。况在小说中琵琶是像形，而在宝卷中戏世是谐音，是类似的写法哩。然一作琵琶，一作戏世，说它俩同在影射这蝎子则可，说戏世出于琵琶却无凭据。此不合之点六。

以上六点，或者也有一些弯曲，但宝卷与小说不尽同之说，读者正不必十分怀疑的了。以下申说宝卷之与曲本，异者亦不尽异，并有同戏曲而异小说者。

胡先生在此点列举甚多，接连说了九个“元剧无”，好像真是天差地远一般，其他卷中明有一些同元剧不合小说的，他便一字不提了。这种态度殊欠公正，假如他明知；这种方法也欠科学，假如他不曾细看。他说，“元人剧中称孙猴子为通天大圣，而此卷已称齐天大圣，”此固不误；但剧中第九出孙猴子说，“大兄齐天大圣，小圣通天大圣，”可见齐天之名是很古的，或者反古于通天，所以元曲中虽以行者为通天，而不敢没齐天之称，尊之以兄，适之此言，过于单简，似齐天之名乃后起然。他又说，“元剧无罗刹女，”元戏虽无罗刹女，却有铁扇公主。依小说，“这芭蕉洞虽有，却无个铁扇仙，只有个铁扇公主，又名罗刹女。”依宝卷，罗刹女是有铁扇子的。是小说宝卷戏文三者于此皆同，并非元剧的各别。倒是卷中“铁扇子降下甘露，”是异杂剧而同小说的。元剧虽也说扇子能降甘露，但唐僧过火山则借水部之力，这也只是小小的异点。

胡先生的九个“元剧无”，已不尽可靠，何况卷文中还有合元剧倒反不合小说的。如“火龙驹”见第七出：

> 神将引龙君上。龙云，“偃甲钱塘万万春，祝融齐驾紫金轮，只因误发烧空火，险化骊山顶上尘。小圣南海火龙，为行雨差迟，玉帝要去斩龙台上施行小圣，谁人救我咱！”……龙云，“小圣南海沙劫驼老龙第三子，为行雨差迟，法当斩……观音上云，“适才路边逢火龙三太子，……火龙护法西天去，白马驮经东土来。”

虽非极乐国，却的确是火龙，非小说中之玉龙。卷中所谓“火龙驹，白马驼经”，与戏文差不了几个字哩。看火龙的上场诗，显然与唐小说之《柳毅》有关，原是有来历的。上云“误发烧空火”，而下云“行雨差迟”，两罪并不相合，亦极有趣。大约行雨差迟之罪，后来都归到泾河龙王身上去了，所以小说上只说“纵火烧了殿上明珠”，其实龙王所犯的罪，总不外发水降雨，火龙许会放火，玉龙放火事属奇特。一个故事的转变往往是极错综的。至于后来改火龙为玉龙，易南海为西海，大约都是这匹白马在那边作怪罢。何以有来历的火龙，竟以白马之白，而化为玉龙？白马并不以火龙之火而变为赤兔马？这无非白马之“来头”更大而已。宝卷听火龙白马之混杂，不求赤色白色的最后胜负，与元剧同，似未必晚出也。

又如“女儿国匿了唐僧，”小说中，女王虽想逼和尚做亲，而“匿”的情形并不明白，她不曾把白胖和尚关在卧房里，即使有点特别优待的风味。元曲第十七出，却就老实不客气，有“女王扯唐僧”“女王抱着唐僧”“你若不肯呵，镇你在冷房子里”这类话头了。这也是宝卷近于戏曲的又一点，即使它离小说不能算远。

胡先生的前提既然根本不曾站稳，则其上的种种建筑有何是处呢？他又信吴承恩是小说的作者，于是以吴氏的年代来推小说的，又以小说的年代来推宝卷的，这是错中错，小说固不足以推知宝卷，而《西游》的作者至今是一时疑问。今之小说不一定是吴承恩做的。

吴氏作西游记，根据《淮安府志》，志书上所谓《西游记》，是不是这个《西游记》呢？也难定。《西游记》名同实异者甚多，元代有吴昌龄的杂剧，有丘长春的纪行，明初有《永乐大典》所引“西游记”，后来又有题作杨志和的《西游记》本的“西游记”，招牌既如此的多，何以见得这一次一定是了，而不再是冒牌呢？我们在吴承恩的集中，不见有曾作小说的痕迹（果然不一定要有痕迹的），我们在《西游记》上不见题着吴氏的姓名，并且也不见可考订，可疑是他的笔名。现存的最古的版本是明刻世德堂，上写着“华阳洞天主人校，”有谁说校订者是吴承恩？（吴是江北人，华阳洞在江南。）这本上有壬辰（万历二十年，一五九二）秣陵陈元之序：

《西游》一书不知其何人所出，或曰，出今天潢何侯王之国；或曰出八公之徒，或曰出王自制。余览其意，近跅跑滑稽之雄，卮言漫衍之为也。旧有叙，余读一过，亦不著其姓氏作者之名，岂嫌其丘里之言欤？……唐光禄既购是书，奇之，益俾好事者为之订校，秩其卷目梓之，凡二十卷，数十万言有余，而充叙于余。

既说“秩其卷目梓之”，序首又题“刊《西游记》序”，这大概是最初的刻本，胡跋假定为出版约在一五八六，反早了些。惑之者，疑之也，或曰天潢，或曰其门客，词虽吞吐，均非吴氏明甚。观序文遇“天潢”“王”字均空行抬头，又曰“今之天潢，”则作者约与序者同时，(吴氏已前卒十二年）虽原本不具姓名，序者也未必当真完全不知道罢。若说姓吴的虽非“天潢”，却大可以做“八公”的，此固可通，奈拿不出证据来何？志上只说吴承恩做长兴县丞而已。总之，吴承恩作《西游记》，备一说可，存疑则可，若以为定论，须得再多一点的证据然后可。

跋文最后，举他自己所藏《二郎宝卷》作旁证，这是嘉靖三十四年刻的，做的年分至少要稍早一点，当然不会受“吴承恩定本”的拘束的，这一点不错。但胡先生既说“文体与《真空宝卷》颇接近，”两者原极相似，何以定要把抄本的年代移晚，还定要说它依据小说呢？

若以故事作比较，总不外同异两点。《真空宝卷》之于小说，有同有异；《二郎宝卷》亦然。如二郎为救母，压了行者，固异小说；但《真空卷》中异点亦多。《真空卷》中虽有同小说的地方，而《二郎卷》中亦未始不同。即以胡先生所引的“乐道歌”一段为例。

收行者，做先行，……又收八戒猪悟能。两家山，遇白龙，流沙河里收沙僧。望前走，奔雷音，连人带马五众僧。唐僧随着意马走，心猿就是孙悟空。猪八戒，精气神，沙僧血脉遍身通，师徒们不消停，竟奔雷音取真经。……

这较《真空卷》有些更与小说接近了。第一，火龙与白龙的变化，这儿已作白龙。第二，流沙河收沙僧，正合小说，不比《真空卷》中将沙和尚与流沙河断成两橛。第三，关于猿马猪沙的观念也与小说符合。试再引陈序：

叙（指原叙）以为孙，猕也，以为心之神；马，马也，以为意之驰；八戒其所戒八也，以为肝气之木；沙，流沙，以为肾气之水。

我自已并不说《二郎宝卷》脱胎小说，我只奇怪胡先生在此地为什么就不以故事的相同来证明宝卷出于小说了？我奇怪胡先生在同一的案情，给两种相反的判决。或者《真空宝卷》因为没有嘉靖或嘉靖以前的年号，所以只好吃点亏，认了输罢。这是一不公平，二不妥当。《二郎卷》原是讲二郎的故事，拿这异点来说《西游》已不甚接近，而《真空卷》有些地方是同是异也还不得而知。（卷中本没说到孙行者的历史）至于《二郎卷》之同点，其中有一些在《真空卷》中反和小说不同。所以进一步说，我们非但没有理由把《真空卷》放在《二郎卷》的后面，甚而至于有点理由把它放在《二郎卷》的前面。

不要忘记，它是宋元刻本西夏文书的同伴，虽不带着任何的年号，它的身分应该也有一种保证的。胡先生把它降到晚明而证据并不见得够。——他跋文结尾说，“所以《二郎宝卷》的西游故事可以帮助我们证明《真空宝卷》的晚出。”那我也不大懂。

二十二，四，二十一。

《东京梦华录》所载说话人的姓名问题

此见于本书卷五“京瓦伎艺”条下，其文殊不易读，有许多疑点。顷见《学文》第一期孙君楷第一文，言说话人家数甚备，为迩来论小说一佳构，但所引此节，句读与平常读法迥异，似有错误。兹先钞孙君所引如下：

> 讲史李慥杨中立张十一徐明赵世亨贾九等。小说王颜善盖中宝刘名广。……商谜吴八儿。合生张山人。说诨话刘乔河北子帛遂胡牛儿达眼五重明乔骆驼儿李敦等。……说三分尹常卖，五代史文八娘子。其余不可胜数。……(标点删节悉依原文。)

余读此篇。颇觉其异，以孙君所说悉与余所记不同；细考之，始恍然，盖由于姓名联上，联下读法不同耳。考《梦华录》此节之文，极其凌乱，有联上读者，亦有联下读者。如开首曰："崇观以来，在京瓦肆伎艺：张廷叟，孟子书，主张。小唱，李师师徐婆惜……等"可证其属上属下并无定准。乃孙君悉以属下，遂至所记名字悉误。兹依鄙见，引录如下，可与上参看。本子则依据秀水金氏景印汲古阁影宋本。

……浑身眼，李宗正，张哥，球杖踢弄。孙宽，孙十五，曾无党，高恕，李孝祥，讲史。李慥，杨中立，张十一，徐明，赵世亨，贾九，小说。……刘百禽，弄虫蚁。孔三传，耍秀才，诸宫调。毛详，霍伯丑，商谜。吴八儿，合生。张山人，说诨话。刘乔，河北子……等杂班。外入孙三，神鬼；霍四究，说三分；尹常卖，五代史；文八娘子，叫果子。其余不可胜数。

读者取原书看，便知分晓。依我私见，这是无甚可疑的。如"浑身眼"这个绰号，一定是踢球；那么，孙宽以下诸人，便是讲史；李慥以下诸人便是小说。以下亦然。又孙君引文，"文八娘子"下无"叫果子"三字，亦无删节号，不知何故。岂所据本子不同欤？（此文甫毕，在同书卷六"元宵"条，歌舞百戏下有"尹常卖《五代史》刘百禽虫蚁"可证。三月二十五日记。）

词课示例

清华大学属课诸生以作词之法，既诺而悔之，悔吾妄也。夫文心至细，文事至难，余也何人，敢轻于一试，误人子弟哉。为诸生计，自抒怀感，斯其上也，效法前修，斯其次也，问道于盲，则策之下者耳。然既诺而悔之，奈功令何？悔不可追，悔弥甚焉。夫昔贤往矣，心事幽微，强作解人，毋乃好事。偶写拙作一二略附解释，以供初学隅反之资，亦野芹之贡耳。诗词自注尚不可，况自释乎。明知不登大雅之堂，不入高人之耳，聊复为之，窃自附于知其不可而为之之义焉。十九年十月一日平伯记。

一　菩萨蛮

好天良夜秋加水，（平常之境。）明灯一觉黄昏睡。（平常之事。明字作动词用，较适。一觉黄昏，无意于久睡。）睡醒见伊么，（然则还是睡。）更深梦也多。（原作更深喜梦多，拙甚。更深梦多，相见之机遇亦较多矣，然果得见否耶？醒后之见尚按而不断，更何论于梦中之见哉。“夜长梦多”，一寻常语足以了之矣。）**夜天都是雪，零乱成双蝶。**（此梦境也，夜天承上片好天良夜来。雪花迷漫如蝶。《长干行》“八月胡蝶黄，双飞西园草，感此伤妾心，坐愁红颜老。”零乱原作零落，则全篇俱动，好天一句，清嘉之景化为无憀，明灯一句闲适之事易为困踬，睡醒两句惝怳之味转成凄绝矣。与结尾亦不融惬，读者审之。）**闲院午阴迟，**（终归于平淡，一睡悠悠，何其久耶。）**衾寒许枕知。**（寒字近绾“雪”，远与秋字照应。以衾枕邻类之物，聊作此说耳。“芭蕉不展丁香结，同向春风各自愁，”彼独非邻乎。）

二　蝶恋花

望眼连天愁雪拥，身到天涯，翻把三春送。闻道“同衾还隔梦，世间只有情难懂。　钿盒香囊何处冢？一曲饧箫，谁见双飞凤？效得微情酬密宠，空怀也被明珠哄。”

此篇就“闻道同衾还隔梦”句想起；做完一看，却似只有“望眼连天”三句为正文，以下都是穿插。夫望眼则风雪连天，总以为天涯亦遍是雪也；及身到天涯，非特不曾见什么风雪，并三春亦将不见矣。隔是人间习见之境，以不便质实指出，只微示之耳，以为确指，则凿。

以下申明此意。同衾乃人间至密之地而尚难于同梦，其他更不待言矣——况天涯乎。此种境界本不限于男女之间，特借此为说耳。是以“望眼”三句，淡淡出之却是主；“闻道”句至结尾，娓娓言之却是宾；此宜辨，而亦易误也。既说“闻道”如何如何，明示宾位。“隔”字点破章旨，原作异。“只有情难懂”者亦彼人之言也，其实情场以外未必易懂也。“情难懂”三字从同衾隔梦生出，却为下片敷衍故事作张本。张玉田说：“最是过片，不要断了曲意，须要承上接下。”（《词源》卷下）

关于下片故实，另有一文详之，见《杂拌》二。惟“效得”“空怀”虽用两典故，似宜作一句读，思王明珰之玩，犹交甫之心也。

三　菩萨蛮

匆匆梳裹匆匆洗，回廊半霎回眸里。（蓦然而起，此词之近于小说者，其上似有往事然。“洗”字《词林正韵》收入十尾与二十七铣。此读尾韵。“回眸里”钓出下文。）**灯火画堂云，隔帘芳酒温。**（此梦中原句，为此词之根芽。上极其畸零决绝，此极其温馨繁热，一帘之隔耳。梦中原作“灯火画楼明”，意浅而明字失协，醒后改之。此温字谓可读如《三国演义》关公温酒斩华雄之温字，一笑。）

沈冥西去月，不见花飞雪。（宕开。词断意连，成法也。原意落花可惜，夜中不见花落而花仍落岂不尤可惜，以为调法所限，无端添出一“月”，又从月生出文字来。词中说到月落则如何如何，偏不说月未落怎么样，却多了一层。格律有时亦引逗诗意，岂不然乎?）风露湿间阶，知谁寻燕钗。（明点“闲”字与匆匆对，暗点“冷”字与温对。义山诗“白玉燕钗黄金蝉。”清真词“钗钿坠处遗香泽。”“知谁”一作“有谁”，虽沈着，却不如“知”字有轻轻放下之味。此两句收拢本题。）

四　玲珑四犯（草窗体）坐公园古柏侧，斜日高树，一片明瑟，情异儿时，怃然成咏。

支拄晴空（从柏树写起。）澹树色轻飔，（原作“动”，意同，杜诗“回塘澹莫色。”）金翠零乱。（此实，下虚。）飒合萧森，如画冷红愁颤。（如画冷红者红非冷红也。）枯坐念我无憀，共旧迹旧情都换。（“我”以下“念”之客词。“共旧迹旧情都换”者，旧情共旧迹都换也。）倚莫天约略年时，深巷夕曛还暖。（昔日之斜阳巷陌，依然在眼。）

货郎挑担迎门看，（原作“门前”，则无小儿嬉跃之态。此处过片径直与上片衔接，不复稍断，少游《望海潮》即如此。）叩圆钲卖糖声软，（用糖字以熟为生。）灯前怕读欧阳赋，凄绝垂髫心远。（此处须用拙笔，点明主旨，否则通篇含混矣，此两句与下两句俱屡改所得。“欧阳赋”暗绾上文，货郎之惊闺，糖挑之钲，皆声也。）尘梦有忆温馨，乳燕春来频见。（“有”原作“苦”，姿态殊恶。此词惬心之处。）怎风城秋早，归思迴，难排遣。（所谓题中应有之义，调法所限，只得如此。怎字仍从“乳燕春来”句转折。）

附周密原词以供参考

波暖尘香正嫩日轻阴摇荡清昼几日新晴初展绮窗纹绣年少忍负才华尽占断艳歌芳酒奈翠帘蝶舞蜂喧催趁禁烟时候　杏腮红透梅钿皱燕归时海棠厮勾寻芳较晚东风约还约刘郎归后凭问柳陌情人比似垂杨谁瘦倚画阑无语春恨远频回首

五　蝶恋花

闻寅恪言，今岁太液及公园荷花均盛于往年。余惜未往观，新秋初三日始偕莹环至公园。今年六月逢闰，秋凉较早，偶裴回临水，同赏一退红莲花，秋晚岑寂，翠叶成群，孤芳在眼，谓有遗世之心，迟莫之感焉。昔白石道人好作词序，余今所作视翁未逮百一而亦有为序之癖，弥可哂矣。

睡起残脂慵未洗，却忆斜阳，小立明秋水。憔悴心怜花妩媚，好花可管人憔悴。　今日初三眉月细；已见西风，叶叶摇波翠。明日重来看汝否？沈吟对汝都无计。

此词意至明白，不烦诠释。“憔悴”两句，取径于

程正伯“算好春长在，好花长见，原只是人憔悴。”（《水龙吟》）

六 浣溪沙八首和梦窗韵 （附原作，据《疆村丛书》。）

（一）

莫把归迟诉断鸿，故园即在小桥东。暮天回合已重重。 疲马生尘寒日里，乌篷扳橹月明中。又拼残岁付春风。

原作，题为“仲冬望后出迓履翁舟中即兴。”

新梦游仙驾紫鸿数家灯火灞桥东吹箫楼外冻云重石瘦溪根船宿处月斜梅影晓寒中玉人无力倚东风

此章“鸿”韵不易和，以易入俗滥，且今日亦不常见，故首句只是虚说。“故园”句切合事实，吴下旧居，其西有桥。“即”字有咫尺之感。“生”字曾经数易，扬尘则似骏马，随尘则尘在马前，……久之不决。两两比照乡思已见。末句原作用东风，似一小疵，东字上片已押过，且又同在一韵中。和作矫正此病。此章作于旧历庚午十二月望日，而将于十八日立春，故云然。友人有病其境界欠真切者，而予却有敝帚之享。何则？不问明年能归去与否，今年这一年总是完了，“拼”字固嫌略重，却非泛泛。

（二）

疏艳江梅雪几枝，昏瞑篱角一灯时。迴灯宜见玉娇姿。 翠颈不辞珊枕腻，鸳情无缝绣帘垂，西来檀粉为伊施。

原作，题为“题李中斋舟中梅屏。”

冰骨清寒瘦一枝玉人初上木兰时懒妆斜立澹春姿

月落溪穷清影在日长春去画帘垂五湖水色掩西施

此章通体无甚难押之韵，施字略难而颇有趣。和作首两句乃照例文章，第三句较好，因只虚设。过片以后另起一段与上片相映，不必作一段读。帘字有两释，一作酒招，一作帷，此用第二义。檀字借用。

（三）

尽日楼居不见春，也无巢燕语梁尘，帘衣如水絮如云。 电炬飞光堪永昼，通宵鼓笛不眠人。梨花深巷梦黄昏。

原作，“观吴人岁旦游承天。”

千盖笼花斗胜春东风无力扫香尘尽沿高阁步红云

闲里暗牵经岁恨街头多认旧年人晚钟催散又黄昏

原作极佳，淡而醇至。和作意在写近代都会中生活之一种酣恣而又烦闷的生活，词意明白且有句读。下片末二句，“不眠”与“梦”，相映成文。

（四）

一自当年嫁小乔，楼头悲恨已烟消。重逢如见画无聊。 斜日秋深闻炒栗，城荒春暖换饧箫。间庭花湿晚枝娇。

原作，“琴川慧日寺腊梅。”

蝶粉蜂黄大小乔中庭寒尽雪微消一般清瘦各无聊窗下和香封远讯墙头飞玉怨邻箫夜来风雨洗春娇

昔年所和另有一稿，因迁就脚韵，于是大说其三国志，实在没啥意思，兹录于下：“艳说江东有小乔。曹侯归去霸图消，雀台春远最无聊。 日丽璇宫开绛帙，风微玉帐捩琼箫，南朝第一绮名娇。”

据说良工是向不示人以璞的，然我非良工，则示人以璞，殆亦无妨。自来选家选好不选歹，实在有点偏枯。好坏只是刃的两面，这个道理老子看得顶明白，他说，“故有之以为利，无之以为用。”又说，“故善人者不善人之师，不善人者善人之资。不贵其师不爱其资，虽智大迷。是谓要妙。”周济《词辨》本有十卷。他说，“一卷起飞卿为正。二卷起南唐后主为变。名篇之稍有疵累者为三四卷。平妥清通，才及格调者为五六卷。大体纰缪，精彩间出，为七八卷。……庸选恶札，迷误后生，大声疾呼，以昭炯戒，为十卷。”可惜原稿在粮船上遗失了，现在只剩得正变两卷。两卷虽都是精华，然而读之使人有点儿莫名其妙，可不就是欠缺糟粕之故。糟粕之重要有时候实不下于精华，即使不必更多。——至少这八卷的遗失使我们至今惦记着。

然此仅可与知者言也。录前作已过矣，其释不敢再抄，怕您污眼。词章中有许多莫名妙的传统，如乔字，大都押二乔，或单小乔，却少押大乔者，不知何故。今亦不去闹撇扭，还押小乔，小乔借用，犹清真之“凭仗桃根说与凄凉意”也。故其下文，遂与江东古迹无关。“楼头悲恨”，出王介甫《桂枝香》词。上片末句，法当上四下三，然画字是实，则当于此逗，而为跨句矣。《清真词》，“浅淡妆梳疑见画。”

下片均纪实境，无烦说明，欲说明之亦不可得也。好在上面说得不少了，虽大半是闲话。“秋深”“春暖”时序不同，而其间用逗号，晚枝着花当与春暖有关，而反用句号切断，固缘迁就调法，而意亦可通，读者详之。此一节二十五年四月补写。

（五）

坊陌泥侵未出游，夕阴水似罨新愁，却怜余醉共藏钩。 袖角燕脂沈絮语，灯前蝉鬓竞花羞。凉宵春浅误新秋。

原作

门隔花深梦旧游夕阳无语燕归愁玉纤香动小帘钩

落絮无声春堕泪行云有影月含羞东风临夜冷于秋

此为梦窗之名作，学步为难。和作只此一章成于三数年前，此章记江南之往事，读首两句自见。“共”字初稿作赌。藏钩今原无此戏，却也未始不可借用在别的游戏上，虽然新文学家又是振振有词的。在我看来，也何必定说打麻将或者扑克方才为真实呢。下片首两句使了一点小巧，以燕对蝉，以絮对花，“燕”“絮”俱虚，“蝉”，“花”俱实。“袖角燕脂”四字为一篇关键。蝉鬟也未必真有，其解同上。末句似好，而其实偷了原作，一看便知，我也不客气地自己说出来了。再说梦窗也是偷来的。少游《浣溪沙》，“漠漠轻寒上小楼，晓阴无赖似穷秋。”

(六)

短烛荧荧悄未收，重帘微月下银钩。伤春何意亦悲秋。　新刺香囊怜叩叩，旧抛罗帕已休休。寒欺零露夜凝愁。

原作

波面铜花冷不收玉人垂钓理纤钩月明池阁夜来秋

江燕话归成晓别水红花减似春休西风梧井叶先愁

首句是偷了一句懒，清真《南乡子》句。秋韵自谓尚佳，“亦”原作“复”，似不如“亦”字。下片首句用繁钦定《情诗》语，刺字入声。露结为霜故曰“欺”曰“凝”。

（七）

绀碧云衣动玉楼，凭肩微语甚闲愁，“前宵蓬海试冰游。” 红烛酣春曾几日，迎凉星火渐西流，藕花风冷饯残秋。

原作，“题史菊屏扇。”

门巷深深小画楼阑干曾识凭春愁新篷遮却绣鸳游

桃观日斜香掩户蘋溪风起水东流紫萸玉腕又逢秋

尤韵并不难和，而接连三首，差不多老是这几个韵，这很讨厌。上片托之于仙，故曰“玉楼”“蓬海”。作此首时颇有感慨，词虽仍不足以达之，却比较有力。“甚闲愁”言无愁也，然与下片合看，则愁故在。“红烛”句用十九首“何不炳烛游”之意。已星火西流矣。《尚书》“日永星火”，《毛诗》“七月流火”。转瞬已祖饯深秋，又将值踏冰之节序矣。四时无言代谢，往复回环，不知者则无愁，知之者明知有愁而苦于说不出愁之所在；可是愁又确确实实的在那边，把你我他都一气网罗了。在八首中，此为较善。

（八）残月

终岁凝尘掩曲房，阑干时霎月儿黄，飘来桂子不闻香， 恻恻玉蟾愁永夜，沈沈银兔隔西窗，吴仙头白羿妻孀。

原作，“桂”

曲角深帘隐洞房正嫌玉骨易愁黄好花偏占一秋香

夜气清时初傍枕晓光分处未开窗可怜人似月中孀

原作押了一个孀字，这很撇扭。孀字习见的，只李义山诗“月娥孀独好同游”。人间的孀妇很多，可叙说的却颇少。仙人呢，只有一个姮娥；因为别的往往夫妇同升，谁把仙丹一个人独吞，像素娥这般缺德。和作也跳不出古人范围，只好就地生风，以咏残月，除有些凄凉的气息外，没有什么好处。

七　霜花腴　忆尚湖秋泛

稻塍径窄，耐浅寒低频屡整罗裳。风懒波沈，橹稀人淡，深秋共倚斜阳。暮山静妆，对镜奁还晕丹黄。溯来时翠柏阴多，故家乔木感凄凉。　　谁醒泛秋轻梦，近荒城一角，夜色茫茫。邀醉清灯，留英残菊，连宵倦客幽窗。旧游可伤，纵再来休管沧桑；更西湖倩影兰桡，那堪思故乡。

此调创始于吴梦窗，四声宜悉遵之。全篇记昔年游常熟事，词旨昭明，不烦解析。是日下虞山麓，经翁松禅墓，璎珞柏苍翠茂密；故有“翠柏阴多故家乔木”之句。后乃泛舟湖上。尚湖一面负山，三面夷旷，殊有明瑟之致，此词均记实也。

近日颇觉长调小令互有短长；强分轩轾非知言也。

兹录昔年随笔一则，资参考焉。“慢词铺叙近乎赋，向外扩张；令曲含蓄偏乎比兴，向内收敛。故慢词似复而实简，复在结构；似难而实易，难在律；似长而实短，长在文字。至于令曲，复在句，难在意，长在韵味，固未始不复不难不长也。乃昧者不察，以‘长’而畏之，则怯而不进；以‘小’而喜之，则慢而不理，殆交失之耳。至于偏弦独奏，疵累恒多，然一病在涩滞，一病在油滑，以宁涩毋滑陈言推之，试以慢词入手，其犹刻鹄欤。”

论作曲

作曲之道，盖难言矣。余谬任词曲一科，与诸生相聚者经年，今且别矣，爰书数言为临歧之赠，亦瞽说也，以野人芹炙视之而已。古今论作曲之文众矣，然而片言居要惬心贵当者，以愚固陋，未之见也。夫大雅弘达亦有所隐耶？将疾徐甘苦之衷形诸翰墨，虽轮扁亦将避席耶？愚斤不成风，何必郢人之质，操非流水，岂待钟期之听，聊为诸生舒吾狂惑，不足为外人道也。观夫自来作曲之利钝，信如易安所言，别是一家知之者少。称心为好，则妙若天成，刻意苦吟，又翻成芜累，或学穷五车而不成一字，或之无未辨而出口成章，或俚鄙通篇，许为当家之合作，或楼台七宝，笑为獭祭之凡才。譬诸赤水玄珠，求之则象罔不得，昆仑积玉，琢之则太璞不完。其体卑，其词陋，其调下，然因微见著，触类引申，弥纶上下，通乎古今，劳人思妇不能自言之情，贤人君子不得自已之感盖往往于此中见其大凡矣。立意遣词一切文字之通轨也，而作曲者有时似并此不讲，有时讲此二端犹病其不足。何以言之？吾非言作曲可不立意也，特有时只可求之咫尺，不当求之天涯耳。如玄言玉屑，天人之妙也，入曲则晦矣；体国经野，内外之学也，入曲则腐矣。君何思之深耶？吾居浅促，不足容君之深也。君之学何其博耶？吾又陋甚，不足当君之博也。相女配夫，门当户对，若降肃雍之车于圭窦之室，则挟瑟游齐，章甫入越，欲求知音，慎矣。夫好学深思之足劭也，斯无间于古今者也，以之入曲且有不尽然者，此其所以难言也，然则不好学，不深思即可以作曲乎？斯更难言矣。劳人思妇之怀迹浅而意深，言近而旨远，实为古今名作精魂之所托，然劳人思妇之怀每不能自言之，能自言者百什之一二，不能自言者其七八，此七八成之无名悲喜，听其飘荡，听其泯没于两间之中，岂不大可惜哉！于是有起而收拾之者，所谓贤人君子是也。是劳人思妇之代言人，亦即劳人思妇之本身也。贤人君子非他，好学深思之士也。何以言之？夫贤人君子之必为好学深思之士亦明矣。何以即为劳人思妇？请毕吾说。今曰某代某，必互相类似与契合，否则不得以某代某也。白傅《琵琶行》代商妇言，亦白傅自言也，端已《秦妇吟》代秦妇言，亦端已自言也。以此两大歌行为纯粹匹妇之言固非，径谓为文人之笔亦非也，试观《浣花集》中更有沈着痛快如《秦妇吟》者乎？观《长庆集》中更有回肠荡气如

《琵琶行》者乎？即不绝无，亦希有矣。然则于此等名篇中，不谓其亦有劳人思妇之精魂在，必不可也。夫贤人君子照耀丹青犹代有其人，而贤人君子之兼为劳人思妇则旷世不一见，见不必遇，遇亦不易识也，岂非所谓才子也欤？才子者好学深思而又不为学问思维所缚者也，博问广识，而心常不足，极深研几，而迹类庸愚，此其所以不易识也。不矜才，不眩学，意有所会，信手拈成，辄有妙悟，以之作曲，若是者谓之当家。苟非其人，意不虚生，此立意之虽可说而终于不可说也。根柢既固，枝条聿繁，遣词之方准夫立意，立意之外宁有所谓遣词哉，姑赘数语云。大凡前人总已说过，不外清，新，自然。欲其清，不清则总杂矣；欲其新，不新则陈腐矣；欲其自然，不自然则七扭八捏，丑不堪矣。昏昏欲睡犹其上者，下之则竟不入目矣。十年窗下之功毁于一旦，宁不可惨。有俗而雅者，有雅而俗者，有言深而意浅者，有言浅而意深者，有独造而似抄袭者，有抄袭而似独造者……凡此纷总皆以寸心衡之，断制在己，不可他求也。撷取词藻之途，则上下古今，闺阁闾阎，无往而非适，贵在能选，能运，能颐指气使，以意役词，不以词役意，范氏诚先得我心哉。典宜少用，以醒豁为上。少者多之，旧者新之，上之上者也。此中亦有乐处。用典太俗滥，则西子蒙不洁矣；用典太生僻，即非有意眩耀，已不免艰深文浅陋之嫌，贻笑通人，求荣反辱矣。乡里之音，曲中原不避忌，况在今日，但不宜用得太多，或不谐适，其制限与用典同。若原系乡音之曲，则又须悉遵本音，勿羼入其他。谐谑适当最增文字之机趣，“善戏谑兮，勿为虐兮，”已一语道破，可作弦韦也。若往而不返，出口放言，均成市井，复有何趣味耶？甚至于发人阴私，以文字贾祸，岩墙悄立，更无所取也。拉杂言之，竟不能尽。颖异之才宁待繁言，为钝根说法，长言之恐亦无益，中人上下，又虑可隅反，故虽不尽亦竟不必尽也。且尽此立意遣词二者，亦不足以尽曲也。律者曲之生命，作曲之必须合律固也，然合律亦难言矣。古之音乐简，每与文词丽，而士大夫又与声歌结缘，或自歌，或其亲近者歌，故合律易。今之音乐，其高上者已离文字而自成绝艺，其尘下者似又不足丽文词。今之学者，除在中学循例曾上音乐功课以外，与声歌亦少接触，此几乎说不到合律上去，难易犹其次耳。今之词，绝学也，谨守绳墨，与毁裂枷锁两无是处，以成就最高之疆村翁言之，至多一再世之梦窗耳，若后主少游东坡美成易安稼轩吾知其断断乎不可复作也，岂必古今人定不及哉，盖词律之亡久矣。南北曲亦然，元明作者，风流顿尽矣。今之存者，昆曲以外，皮黄小调大鼓之类而已，虽颇尘下，而好事者亦往往歌词被之。此等杂曲不作则已，欲作曲，先度曲，决不可任取已成之曲，画依样之胡卢也。夫画胡卢而似，必窘迫矣。而不似，必乖午矣，皆非也。作词而画胡卢，不得已也，今既得已，何必不得已哉。度曲者未必能作曲，而作曲者十之九八皆能度曲。作曲而兼度曲事固较难，然亦不可畏难而竟辍也。天下岂有容易事乎。观古人作曲，有极谨严处，有极率意自在处。论其谨严，不但阴阳四声，锱铢殿最而已，甚至于有同一平声字而费尽斟酌者。（见《词源》卷上）论其自在，则句法多少长短可以不一，（词中之又一体，曲中之衬字加句。）读法可以不齐，平仄可以互易。彼何所据耶？彼岂不画胡卢哉？亦曰所画的胡卢不同而已。今人作今曲，舍古人作古曲之根柢不学，岂得谓之善学古哉。或曰，“昔临川氏不云乎，‘予意所至，不妨拗折天下人嗓子’，先生非服膺汤氏者乎？乃斤斤于曲律之末，何耶？”应之曰，唯唯，否否。夫临川怀绝代之才，博览元曲寝馈其间，又生当弦索未泯，磨调盛隆之日，宁不知音？此盖故作惊人之语，针砭俗耳，万不可被他瞒过也。观所作曲，带草连真，神明变化，即偶有未谐，在临川则可，我辈决不可也。何则？我辈未必有临川之才情也。非特无其才，并无其学也。如《牡丹亭惊梦》一折论者或訾其宫调错杂，彼乌知所谓曲意者耶。明中世以后，汤徐二家见解最高，余子碌碌不足齿数。进一步说，音律者曲之规矩，即其生命也。巧者，巧于规矩之中，不巧于规矩之外者也。以世俗言之，规矩外也，神明内也，规矩足以迫束彼神明，而神明正所以打破此规矩者，不两立之说也。善读书者，真识曲者则谓神明规矩一而已矣。神明不能自形，假规矩以形之也。故当家作词，不见有词调，作曲不见有曲调，名作具存，可覆按耳，彼且絮絮叨叨，如家人妇子剪灯拥髻，道桑麻纺绩，讲邻舍猫儿，曰桎梏，曰束缚，本不曾见，实无所见也。然细寻其作，则又曲中规，直中矩，壁垒精严，如临淮卒，如细柳营，吾知圣叹至此必将叫绝曰，“才子之才固不可测也。”（近人不知此义，在《论语》上轻诋圣叹，大冤。）夫不作曲可也，天下事其重要有什百千倍于曲子者矣，不作且犹可，而况曲乎。但以“作非曲”为“作曲”，悬羊头，市马脯，欺诬之谈也。曲与非曲之辨，只在合律或否，律有二，一之。有音律之律，有规律之律，所谓曲律，音律也，而规律即在其中。音律之外无规律，曲子以音律为其规律也。当曲之盛隆也，有音律而无规律；及其衰也，音律未泯而规律已生；其亡也，规律仅存耳。律亡斯曲亡矣，规律亡斯尽亡矣。以词言之，五代宋人盖不知有词之规律也，南渡末世，渐有词学，而词遂亡矣。非词学足以亡词，乃词体将变，怀古知音之士闵其衰而有作，期存什一于千百也。以今日之诸曲言之，有音律而无规律，皮黄小调之类是也；二者尚同在，昆曲是也；无音律而有规律，词是也。填词不如作昆曲，作昆曲不如作皮黄小调，以诗义言之，殆有相反者矣，虽隆古贱今，其说固不可尽废也。此仅言作曲之利病，在一观点上应如是耳。盖音律之视规律有数善焉：（一）音律天然，规律人为。（二）音律弹性，规律硬性。（三）音律有情调，规律无情调。（四）音律以简驭繁，规律已繁而仍不免于简。（如词谱每列甚多之又一体，使人目眩，实只一体耳，且不能尽。）（五）音律曰如何，使人明其所以然，规律使人莫名其妙。（如词中斤斤去上，每觉无味，而在昆曲中二声之连合，时多美听。）（六）音律有顺而无拗，规律有顺有拗，拗则不复顺。（此一点可参看《诗的歌与诵》。）（七）音律之追随，水乳交融，故乐，规律之服从，亦步亦趋，则苦。（八）音律者规律之本原，规律者音律之影响也。寻原斯得委矣，因响可寻声乎？右列八目，不暇申论，就涉想者举之，即有挂漏亦不免也，读者当自省之。故求音律于曲中，苦事亦乐事也，今既详言之矣，（若本不能度曲，任取一工谱，径直令其填词，如对天书，苦不可言，此乃另一情形。）惟诗乐分合，今古情殊，异日作曲之业，殆非文士之兼差，当属诸乐人之兼通文章者欤。盖音乐者专门之艺，文章者普泛之情，以此摄彼，势逆而难，以彼摄此，势顺而易也。然意必卓荦，词必清新，文律所裁，虽曰容易，要非甚易也。苟不能力作攻苦，深思好学，资之深而取之广，安得有左右逢源，从心所欲不逾矩之乐哉。作曲之道有可言者，有不可言者。凡上所述，曰立意，曰遣词，曰合律，皆可言者也；其不可言者气味是也，更为诸生发其一二，以作余文。气，气机；味，滋味也。“文以气为主”，作曲更在气机，一不利则全篇蹇矣。大凡一支曲子，气机之运用须占十之七八，而学问思维等等仅可占十之二三。每观前修所造里巷所传，其内涵实亦浅陋而处处合作者，气机谐𢜙之效也。文士经心刻意，造作传奇一部，妄灾梨枣，徒覆酱瓿者，气机窒碍之故也。不谙音律则必须尺寸以求，尺寸以求，气机何来？又喜掉书袋，买弄家私，充肠拄腹，气机何来？又性好夸大，填长调，作巨构，真感不充，则终篇遗恨；又好吊诡，求工拗涩，冥行摸索，则颠踬凌夷，救苦扶伤且不暇，更何言气机之舒展否耶！凡此无累，皆酸丁之故态也。夫机之巧拙通塞，先士言之晰矣。子桓曰“不可力强而致，”士衡曰，“非余力之所戮，”盖俱言得之于自然也。甜酸苦辛，味也，“可以百为，唯不可俗，俗便不可医也，或谓不俗之状，曰难言也。”俗非俚俗之俗，有文而俗者，有俚而不俗者矣，故曰“难言也”。今言“得味”，此颇中肯。有味斯得，便不会俗了；不得则无味，无味则俗矣。一针见血，是不俗也；隔靴搔痒，其俗甚矣。以我辈中人言之，所谓顶门针，当头棒，不落言诠直传心印，非有绝大功行者不办，而劳人月下，思妇灯前，其悲愤怨悱固出于万不得已者，乃郁勃而渫之，吞吐而道之，低眉信手续续弹，不必求工于文词，文词且踊跃奔赴之矣，即重穿七札且若寻常，其得味之程度，较之文士谵语，固将不止倍蓰也。又若碧涧樵歌，青山渔唱，牧哥叫笛，村姑莳秧，天籁所钟，于喁为均，风生水上，自然成文，无所谓得已，亦无所谓不得已，欲说就说，不说就不说了，欲如此说便如此说，欲不如此说便不如此说了。此无味之味，以不得味为得味者，视有为而发之呻吟，固又不止什百也。要之清浊有体，开塞无端，气之说也；冷暖自知，酸咸各辨，味之谓也。凡上所述，有如捕风，宁不自知哉。岂意慵才劣有所谢短乎？抑随手之变难以辞逮，古今之所同病乎？然非诚难也，在一尝之顷耳，言斯难矣，于是不言。

二十二年五月九日

玉簪记寄弄首曲华字今谱不误说

前十余年《集成曲谱》行世，为通行昆曲工谱中最大之结集，其有益于昆曲之保存甚大，其校正伶工俗谱处亦多精当处，非浅学所敢平议。然亦有今谱本不误，而彼依古谱校正之后而反误者，则千虑之失也。兹举传唱已久之《琴挑》为例。

自余度曲，辄闻人唱《琴挑》，遇有曲集每列此目，戏曰，“无琴不成曲，”大有“家家收拾起户户不堤防”之概焉。又程艳秋每演昆曲，必贴《琴挑》，而他曲不与焉。其首曲南吕《懒画眉》，“月明云淡露华浓”句“露华”二字，与第二曲“粉墙花影自重重”句“自重”二字，今通行工谱同用“上工尺上　四上尺上四合”，本不误也。露华二字一去声一阳平，自重二字亦为一去声一阳平，字音同，曲调同，其工谱之同是必然也。（凡昆曲中遇字句曲调相同者，其工谱悉同，如《琵琶·南浦·尾犯序》“山遥水远”“衾寒枕冷”同为阴阳上上，而二句之腔俨如合掌，人称魏良辅点《琵琶》之板，则古法然欤。)《集成曲谱》振集五，则将此两句谱成两个腔格，“自重”二字如上式，其“露华”二字却作“上六工尺　上尺上四合”，并作眉评曰，“华读花，俗唱工谱以四字作主腔，则成阳平声矣，大谬”，似真当读花音，然余所遇之南北曲家或伶工，从未有如此唱者，犹中华民国之不读为中花民国也。岂传讹既久，不能是正耶？细按之，殆有不然者。

《集成》之根柢当在叶谱，(《纳书楹》续集卷一)然叶谱于此本误，正当从俗变古不可从古以改俗也。古不必尽是，俗不必尽非，一也；古不必尽古，俗不必尽不古，二也。

若谓古无花字，华即花也，此原不成问题，然谓华花为一字之转注可，遽读二字以一音则不可，此犹考老转注，然不能读老为考，亦不能读考为老也，正唯其音变也，故虽原来虽是一义却分为二字，若音义毕同，岂不多此一分。“同意相受”，许书之意甚明。今改而论事实。

窃疑华花分读，至少当与花字的历史同其久远，远在何代，待专家论之。宋人已分为二读，此灼然可见者也。兹举二例皆习见者，以成吾说，其一见于宋人词中，其一见于宋人文中。

清真《解语花》“桂华流瓦”，桂华之华与露华之华词例正同，苟得《清真词》此句华字之音读，则《琴挑》华字之腔格不待言矣。我谓清真之读桂华，如今人之读中华。何以知之？

观杨泽民和词“翠檐铜瓦”，方千里和词“凤楼鸳瓦”，翠凤俱去而桂亦去，檐楼俱阳平，则华殆亦属阳平矣。然此证据之解释稍有疑问，在此若有任用阴阳平之可能，则方杨虽以阳平和周，而周之原词或不必是阳平也。自然，这可能很少，盖华字已颇有读为阳平之嫌也。

连上文一看，即为“花市光相射桂华流瓦”，此花及华读为一音乎？两音乎？以常理言之，必曰，两音也，否以何以不写两个华字或者两个花字呢？且两字读一音，不但不合理，于词律亦失。

往下看，《解语花》之次曲为《六么令》，其过片曰“华堂花艳对列”，六字之间华花并见，读为两音乎？一音乎？在此添了一点理由，不止音与义的交涉，并有音与音的交涉。上例虽曰有妨词律，尚可以两句为推，此则一句矣，且为较短之句，以清真之细于律殆未有不检点者也。他分明写的是两个字，你定要读一个音，怨谁。

此已足成吾说矣，然犹缺少一傍证，美中不足，于是在幼时所读“古文”中觅得之。王安石《游褒禅山记》曰，“独其为文犹可识曰花山，今言华如华实之华者盖音谬也。”华山须读花山，与拙说似异而实同。彼所以改读者，有古本作花山故也，若彼不见古本，则不改读明矣。质言之，此华山之华，华字其形，花字其实，非读华为花，乃读花为花也；本不知其误，有待扪读残碑而始知之者，是宋人习惯，见一“华”字，不问其本来为花为华，皆漫读以华音也。其情形正与今日相同耳。

宋人既读华实之华为阳平矣，读桂华之华为阳平矣，则其读露华之华也，虽其本身尚无明文，亦必为阳平无疑矣。今反曰华当读花，谱以阴平为正，岂不大谬。若以叶谱为古，则宋词当然更古，即通行工谱，视为俗谱者，亦或更古。盖师师授受，口耳相传，虽讹失窜变往往有之，然其音逗曲折之一部分实有系于旧，不必概出于伶工之杜撰也。今不辨其是非，悉校以文书以为从古矣，而不知俗谱之根柢或更古于文人所依据之书本也。彼经学中今古文之争亦若是而已。《褒禅山记》末曰，“予于仆碑，又有悲夫古书之不存，后世之谬其传而莫能名者，何可胜道也哉，此所以学者不可以不深思而慎取之也。”聊拈此题，以就正于知音怀古之士。

论研究保存昆曲之不易

世或谓昆曲为雅音非也，以昆曲为古音亦非也，以昆曲为国乐亦非也。雅乐不存久矣。唐代所用之燕乐，胡乐也，其宫调则苏祇婆之琵琶也，而词曲者燕乐之余，而昆曲者词曲之末也。北曲兴而词亡，磨调盛而北曲亦衰。今之昆腔南曲之一体，而绲北于南，故南之面目犹得十之五六，北之面目所存不逮十之二三也。然今不欲言中国音乐则已，欲言中国之音乐自不能弃之而勿道，盖仅存之乐府惟此而已，仅存而稍完整之乐府惟此而已，比较近古之乐府惟此而已，其音节犹明中世之遗，此固显然可见者。

溯“皮黄”之兴不过数十年，而昆曲唯余一线矣。非皮黄足以亡昆曲；即皮黄足以亡昆曲，亦不必如此其骤也；不必如此其骤而今竟如此其骤者，则社会缔构变迁之急遽有以使之然也。岂独昆曲然哉，即谓中国文化全部在崩溃中，亦非过言也。故居今之世而言提倡昆曲，固属痴人说梦，即言研究保存又谈何容易哉。

或以为工谱具在，则研究之保存之似不难，且今之工谱法密于古矣，（如叶谱不点小眼，今之工谱不特点小眼且有略注锣段者）而不知其非也。尝谓昆曲之最先亡者为身段，次为鼓板锣段，其次为宾白之念法，其次为歌唱之诀窍，至于工尺板眼，谱籍若具，虽终古长在可也。然谓昆曲谱不亡则可，谓昆曲不亡则不可，后之人将只见一大堆简单之工谱，乌睹所谓昆曲也哉。编制较完善之曲谱而流传之，诚不可缓也，然此足尽保存研究之事乎，则未可言也。

张宗子曰："余尝见一出好戏，恨不得法锦包裹之，传之不朽。"今世虽曰科学万能，而法锦包裹之法似尚未发明。故昆戏当先昆曲而亡。今之昆戏班，南北各有其一，好坏姑不论，零落总可悲也。鼓板锣段宾白，乃附属于戏者，戏场一散无所依附，而灭亡随之。以余所知，今之曲师精鼓板锣段者已寡矣，后之视今将复如何。盖以数十年培养之，数百年授受之人才而将泯灭于一旦也。

宾白之视歌唱，其研究保存之难易有间焉。谚曰"一引二白三曲子"言宾白之难于歌唱也。且歌唱有谱可按，宾白虽亦载谱中，而其念法，全凭口授，如同一阿呀，同一嗄唷也，而其声音之高下，情致之哀乐不同。求之于书，书中不见也。以心度之，则中者寡不中者已多矣，将奈何？

即以歌唱言之，歌唱虽存于工谱之中，而工谱固不足存歌唱之全者。魏良辅曰，“矩度既正，巧由熟生”，非规矩之外别有所谓巧也。但纸上谈兵无非糟粕，非特不足以尽巧，并不足以正矩度也。矩度之正，其在人乎。要之，声歌要诀唯传口耳之间，此无可奈何者，求诸文字吾未见其有合也。故词衰而有词谱，曲衰而有曲谱，非谱之足以亡词曲，词曲将亡不得不赖谱以传之也。其幸而传者希矣。

然则昆曲将亡得一干二净乎，是又不然。其不亡之光景有二，一曰不必全亡，二曰变质的存在，兹先说后者。以上所言，言昆曲之将急遽澌灭也，然昆曲之亡，不必亡于澌灭，且将亡于绲乱也。澌灭而亡与绲乱而亡，一也，其所以亡则不同。澌灭者无余之谓，绲乱则其形迹尚存，似澌灭之亡剧于绲乱也。然澌灭虽今不存，而后犹有可考，绲乱则并异日可考之机缘而失之，是绲乱之为患不必下于澌灭也。如今之昆曲，积渐为伶工所改，已不尽合于古，欲追复之而无从矣。然其所传犹有授受之实不可诬也，虽不合于古，亦不必谬于古也。若师心自用，以意为之，则异日之颠倒错乱当有不可说者，以付炬火，或饱蠹鱼，其谁曰不宜，而又何保存研究之有。

在今日而欲言保存研究，如何而可乎？曰无他，先存伶工之传耳。欲言复古，则古不可复也，亦不必全复；

欲昌明之于来世，则吾未见来世有可以昌明之道也。但卑而勿高，但述而不作，曰存今而已。就今日之可存者存之而已。今既存，则以之规往可也，以之开来亦无不可，提倡即在保存之中，非保存之外别有所谓提倡也。

如前者南方有“昆曲传习所”之设，以其不为社会所赏，遂若昙花一现，然已足以仅存昆曲之一线于数十年中，此在昆曲史上不得不大书特书者也。今则为仙霓社，已零落不全矣，在上海觅一剧场犹不可得，即其上演之时，亦多敷衍苟且，技日益退，盖生活既难，识曲者日少也。余在北京初学拍曲时，犹有两曲社，今则并一曲社而无之，后之视今当犹今之昔矣。

昆曲之亡是必然也，其幸而不全亡者则在有此癖好者之努力及社会上之扶植耳。事最平淡，无取夸张，高谈阴阳律吕，风俗人心，则非浅学所知矣。

为何经海募款启

尝闻擅场识曲，岂独桓伊，思旧感音，何须向秀。曲师何君经海，生长鹂坊，久羁燕市，垂髫辛苦，下世畸愁。观其引吭转声，抑扬可法，拍檀弄笛，宛转有情，而饥驱软尘，唯堪一饱，栖根幽壑，难得伸眉。重以旧京日莫，霓羽凋零，瞻念穷途，促其年寿，遂于癸酉残夏，客死宣南，穗帐勿悬，谁怜孤嫠，一棺暂泊，萧寺尘凝。窃谓劬颜苦学，士夫所难，食力固穷，君子之操，成一技之微，积结身之瘁焉。同人或聆音奏，或问宫商，风絮水萍，都为缘法，似妙声犹未绝，恍冥契之已遥，欲广赙赠，期在贤达，廉泉让水，泽被孤寒，弱榇残魂，家山可望，仁者之心庶几远矣。此启。

解。以适之先生命为跋语，爰志所见之一二焉，析疑辨惑，以俟后之观者。

二十年六月十九日。

葺芷缭衡室读诗札记序

札记本无序，亦不应有，今有序何？盖欲致谢于南无君耳。以何因由欲谢南无耶？请看序，以下是。但勿看尤妙，故见上。

《梦释》其二十二（节文）

十九年十二月十九日四时半清华园

【遇】在北京，好像家中有祭祀之事，长亲来者骆驿，特出者二位：一位是大舅公呢，也不知还是大舅婆，一位是“阿爹”。老实说，也认不很准，只有一老者瘦而白髭。脸上有点儿脏，亏他自己报名，“我是阿爹”，遂肃然拜之。又对于大舅公也者亦拜如仪，俨然一个伪君子。时袍上第一纽未扣，母严重地命扣上，且曰，“要做人就做，要不做索性不做。”予有悻悻之态。其时忙着在张罗招呼，“阿爹”自然是被招呼的一个。（阿爹者，父亲之表叔也。其脸上有乌黑而软的须贴着，梦中以为事隔多年怕不适用了，故特制一较老之阿爹云。）W表叔于于而来软服轻装翩翩然，又迎而拜之。他讲到我托他卖《诗经札记》稿子到商务去一事，说“上次他们暂时不要，把稿子给你寄回，我就说别寄，他们说，反正挂号信丢不了，可以再寄来的。现在他们又要啦。总是有些学生时常去问为甚这书还不出，所以又想要了。”其时心中颇乐意把稿脱手，妻又在旁作怂恿的暗示，但我偏说“被人家退回，扫了兴，也许早扔了。”——自己却觉得可以找。总是妻说罢，“人家也不信。别人不会，你倒的确会这样的。”别的话不大记得，终于归到稿子的交易上，约定十四（星期）在天津×××吃午饭接头，可是一算，十四又该家祭，麻烦，然而去津之心颇热，还是打算去的。W说，“我本想卖稿，而他们要用收版税法。现在上海印书如买马票，张张不空，如遇名家得时之作，便大发其财。”又说当予在京时，（南京也，此五字梦中原文）。看叫天戏，《洪洋洞》之类，戏刚散而卖话片者纷来。（如今天唱《洪洋洞》，即卖《洪洋洞》）有买着好的，也有买着坏的，要碰运气，生意大佳。（下略）

【释】这是被迫意念见于梦中之一例，同时也表现出我性格的背影，不很高明，光明的那一面。对亲戚足恭殆是一种骄矜的变形，在梦中已稍稍自觉，遂借母亲口中叫破这《儒林外史》式的伪君子，而仍不免愦愦。

W近住上海，大约误认凡上海人皆漂亮，故其来也如浊世之佳公子。亦垂垂老矣，上次来信说胡须都白了。白胡须恰好去送给那阿爹。卖札记稿一节，梦之主文，其表现如实，不甚变幻，因由亦固分明。这是一个积年的“苦脑子”，（吾乡土语）十年前在上海大学的讲义，只做了九篇，在我文稿中运气最劣，而我之于它也如父母之庇护其不肖子。第一次想卖给亚东，原稿退回。（十三年）第二次在《燕京学报》发刊其中之一部，（《柏舟》，《谷风》未全），以为这回找着洋东了，殊不知将《谷风》之第二分送去，又原稿退回。（十六年）主编者容庚先生来信之理由如此：以题目重复不能刊载。这似乎说《大学》只许有“右传之一章”至于“右传之二章”呢，却非呼为《中庸》不可，不然不要。这个道理，至今未明。第三次有了经验，未将原稿直送，怕又碰壁，托W表叔向商务去兜揽，商务主者张元济君固与W有亲。当我三十生辰，W赐诗虽有“兰陔自辑广微篇”之谬赞，而出卖一节则又雁沉鱼杳矣。（十七年）压迫为梦因，弗氏主之；依鄙见有时恐尚须挑动一下。这“意综”是久被压迫而新近又受挑动的，前日清华学生某君来，谈及《诗经札记》很好，何以还不出版。我不好意思说人家不要，含胡应之。今现于梦中，其作态亦不在肃然迎拜下云。把这些破铜烂铁去换只把青花饭碗，太太之赞成，固不待言。此梦全以亲戚为背景。

凡非绅士式，即不得体，我原说不要序的呢。我只“南无”着手谢这南无，因为他居然能够使我以后不必再做这些梦了。

二十二年十二月二十二日。

三槐序

舍下无槐，（洋槐不算）而今三之。曰古槐书屋，自昔勿槐，今无书。屋固有之，然弃而不居者又五年，值归省，乍一顾其尘封耳。庭中有树，居其半，荫及门，而宜近远之见，本胡同人呼以“大凹”，不知其为榆也，亦不知其为俞也。大树密阴差堪享受，则知堂师之言尔。榆也，谓之槐，其理由是不说。长忆垂发读《左传》，至“不能辨菽麦故不可立”而为之一吓，直不暇替古人担忧，盖自己先不得了也。然前今日触槐而招笑，非独事理之宜，抑近识矣。榆则有钱，槐有钱乎？固未之前闻也。是菽麦难而槐榆易也，是不辨菽麦者不必不辨槐榆也，而竟若终不能辨，则其中乌得无天！又谁知畴昔之戏言，点点花飞在眼，而又过之耶！此譬如大英阿丽思小姐之本不想为媚步儿而忽然变为猪小儿也。“孤始愿不及此，虽及此，岂非天乎，”疑其兄平居之言而周子述之也。不然，记人之失也。且夫三槐者，高门积善之征也，小生不姓王，彼三榆出何典哉？大槐者梦邻也，曰“古榆梦遇”“榆屋梦寻”则不词矣。不典不词，其为世所哂将弥甚于今也，其为凡猥不又将下于此日万万也。与其为猪，无宁为媚步，此固不必伫待通人之教者也。何况伦敦之酒不曰榆痕，则吾人解嘲之具，且方兴而未有艾，绰绰乎其有容也，泛泛乎未有所止也，譬彼舟流，不知所届已。且稍容与而序吾书。夫《三槐》个别之义既各有说矣，不书不槐不古之屋而师友同说之，彬矣郁矣，难复请矣，而《三槐》之所以为三槐者唯虚耳，于是乎序。

二十三年除夕前三日。

积木词序

春来无日不风。一日风又大作，天地玄黄，室中飞尘漠漠若无居人，忽有来款扉者，声甚急，启视之，则吾友顾君羡季也，以其新著《积木词》属序于余。羡季与余同学于北京大学，著有《无病》《荒原》《留春》词草，足以卓尔名家，其蜚声艺圃者非一日矣。仆不文，于倚声一道惭无所知，偶陈詹言，以为世笑，何足以序羡季之词，而羡季之词宁以吾序重耶。故羡季之问序于余，似小失之，而余忝颜受之不辞者，亦僭也。虽然，语不云乎，"风雨如晦，鸡鸣不已，既见君子，云何不喜。"又曰，"逃空虚者，闻人足音跫然而喜矣。"畴昔之情既与之相若，则聊叙吾怀耳。若夫羡季之词则所谓不托飞驰之势，而芬烈自永于后者，后吾而览之者咸当自得之，固将无待于予言矣。序曰：河曲之水，其源可以滥觞，及其东流而到海，则俨然挟怀山襄陵之势与偕。何哉？始纤而将毕者巨也。词之兴，托地甚卑，小道而已，积渐可观。及其致也，则亦一归之于温柔敦厚，遂骎骎乎与诗教比隆，方将夺诗人之席而与君代兴。向之幽微灵秀宛折绵缠之境，诗所不能骤致者，无不可假词以达之，如驾轻车而就熟路然。善夫张惠言之叙《词选》曰，“其缘情造端，兴于微言以相感动，极命风谣里巷男女哀乐，以道贤人君子幽约怨悱不能自言之情，低徊要眇以喻其致。”常州派固多头巾气，惟此一语，洞达词心，非同河汉。斯怀也，为人心之所同，固长存于天壤之间耳，使其不言也，则亦飘泊而已，湮没而已。夫飘泊可也。飘泊而湮没亦可也，其长存于天壤之间者自若。虽然，使其以不言为无奈而以言之为幸存，则亦人之情也已。未免有情，谁能此遣。温其如玉，其貌然也，风流可怀，是谓词想。然则如何言之耶？斯怀也，里巷男女之所不能言，贤人君子亦不能言也。使里巷男女言之，则亦普通之歌谣而已，使贤人君子言之，则亦普通之文章而已，其奈此风流缱绻无奈之情何。假借之然后可也。或假贤人君子之笔，以宣里巷男女之情；或假里巷男女之口，以写贤人君子之心，其归一也。于是乎有词曲，而词尤婉于曲。夫假借之道何？不假借可乎？曰可。夫情，有径而致者，有曲而致者。径而致者，不烦曲而致；曲而致者径或不必遂致，致或不必尽也。夫《花间》者，结集于五代之际，如泉始达，如花初胎，盖善曲喻其情而为词家不祧之祖。欧阳一序，最为分明，所谓“南朝宫体，北里倡风”，已道破词之本质，而“诗客曲子词”一语又为《花间》及其支与之定评。夫曰曲子词者，当不甚高，而出于诗客之手当亦不甚卑，不高不卑，自然当行，其成为一代之著作，千古之文章，亦一大因缘也。由是而南唐，而北宋，而南宋，其支流日益繁，其疆宇日益扩，别起附庸，蔚为大国。然莫为之先虽美勿彰，先河后海，则《花间》琼矣。尝于《花间》得两种观，——实则凡词皆然，不独《花间》然，特在此，两种区别尤为显著耳。或深思之，或浅尝之，不浅尝不得其真，不深思不得其美。真者其本来之固然，美者其引申假借之或然也。夫浅尝而得其固然，斯无间然矣，若深思而求其或然，则正是俗语所谓钻到牛角尖里去，吾未见其如何而有合也。作者亦有此意否？若固有之，虽洞极深微，穷探奥窔，亦无所谓深求也。若本无而责以有，深则深矣，奈实非何。季文子三思而后行，子闻之曰，再斯可矣。三思且由不可，况乃过之。然必谓文词之意穷于作者之意中，又安得为知类通方乎。赤水玄珠得之象罔。文章之出于意匠惨淡经营中者固系常情，而其若有神助者，亦非例外也。迷离惝恍之间，颠倒梦想之侧，或向晚支颐，或挑灯拥髻；其逸兴之遄飞也，其文如之，则如野云之孤飞矣，其深情之摇荡也，其文又如之，则如绿波之摇荡矣。亦有意乎？亦无意乎？安见其可浅尝而不可深思乎？又安见其浅尝之之得多于深思之之得乎？安见其浅尝则是而深思者非乎？彼谓一意者一词，一词者一意，如花相对，如叶相当，故凡志之所之，笔皆可往，而笔之所宣，意辄与会；此无他，盖已擅定意尽于文，而文章之意尽于想也，不特为事之所无，并非理之所有，貌似明清实难通晓，近世妄人之见，大抵类是。狂言信口，羡季其恕之。及读自序之文，有曰，“顾醉时所说乃醒时之言，无心之语亦往往为真心之声”，知其于疾徐甘苦之诣，居之安而资之深，将有左右逢源之乐矣，则于吾言也，殆有苔岑之雅，而曰于我心有戚戚焉乎。今兹之作，得《浣花词》之全，更杂和《花间》，其用力之劬与夫匠心之巧，异日披卷重寻，作者固当忆其遇，而读者能不思其人乎。若夫微婉善讽，触类兴怀，方之原作亦鲜惭德，虽复深自抑抑而曰，“但求其似词，焉敢望其似《浣花》”，窃有说焉，夫似是者实非，似词则足矣，似《浣花》胡为耶，当曰相当于《浣花》可耳。然吾逆知羡季于斯言也必不之许，以其方谦让未遑也。其昔年所作，善以新意境入旧格律，而《积木》新词则合意境格律为一体，固缘述作有殊，而真积力久，宜其然也。其发扬蹈厉，少日之豪情，夫亦稍稍衰矣。中年哀乐，端赖丝竹以陶之。今之词客，已无复西园羽盖之欢，南国莲舟之宠，宁如《花间》耶。荒斋瞑写，灯明未央，故纸秃毫，亦吾人之丝竹矣。以《积木》名词者，据序文言，亦婴娩之戏耳，此殆作者深自抝抑之又一面，然吾观积木之形，后来者居上，其亦有意否乎？亦曾想及否乎？羡季近方治南北曲，会将深通近代乐府之原委，其业方兴而未有艾，则吾之放言高论也，亦为日方长而机会方多，故乐为之序。丙子闰三月既望，序于北平之清华园。

癸酉年南归日记

二十二年九月九日晨六时半，别父母启程。七时十五分开车占两“上铺”，同室缪老八十余岁，彼后移至邻室。过津后始来一客，乃津盛锡福帽庄派至上海赛会者，人颇朴实。车上遇半农叔平。下午室内颇闷热，殊无聊。五时余抵德州，散步月台。晚餐甚饱。十一时余抵泰安，住铁路宾馆，出站即达。管事者李蕙如君，前年在秣陵曾一晤，故招待甚好。宾馆布置极完善，予及莹环久儿均得快浴，一洗风尘之困，晚睡亦佳。

十日游泰山，雇篮舆三，七时半由宾馆东北行至岱宗坊，入登岳大道，岱宗坊者其名耳，只见党人标语，并无岱宗二字矣。玉皇阁关庙俱略勾留，关庙之古柏葱翠鲜明，荫覆庭院，压垣蔽街，宜曰柏棚，以配陶厂之“松”。以看柏，小坐始发，垣上有“汉柏第一”四字。自此以上，无甚耽阁。斗母宫徘徊即出，经石峪遥望而已。柏洞约长三里，步行片刻，有北京之中央公园及香山意味，名洞似尚不称，曰弄曰巷曰街始佳。山形渐高，天色阴阴，渐有寒意。润民眩晕不适。在中天门午食稍憩，前山坳有朱阙，似市场之顽意儿，即南天门也。其下磴道如悬梯。上御帐坪，云步桥观瀑。更上为对松山，翠润姿幻，如入画图。雨点渐密，寒风振衣，直上南天门，有“紧十八慢十八”之说，磴道峻密，两崖高耸，攀跻久之，始登天门，饮热水休息。叩碧霞宫，登玉皇顶。山固高寒，加以风雨，遂不可久留，在岱顶徘徊片刻，虽云气迷离，而群山拱揖，觉“一览众山小”已尽岱之神理矣。上山约六小时，而下山未及其半，于二时半动身，四时半已在坦途，仍小憩云步桥石亭中，从原路下山，如温书理曲，亦颇有味。穿岱宗坊，入泰安北门至岱庙。庙有城垣谯楼，其地极大，据云方三里，现则市肆罗列，如北京之东西两庙矣。至天贶殿柱作惨蓝色，见之太息。以不开门不得观壁画，攀棂一视而已。殿极巨大，如北京太和殿，想见当年之伟。出观唐槐，则大半已枯，仅一枝荣。返馆舍已逾五时，拟作日记，检点《泰山小史》而骇，即余顷在庙中可为汉柏者，非也，急雇车重往，导游之车夫犹知说“汉家”，晚霞正媚，畅观四株，以清时石刻较之不差，赞叹而去。汉柏谨严老当，唐槐魁梧奇伟，岱庙故物仅此耳。返寓晚食，午夜仍登三〇一次车南行，承泰安站长拍电定房，故得占一室，亦旅中之适也。睡颇好。

十一日醒已抵徐州。下午三时余抵浦口，以新建轮渡未毕工，仍乘澄平轮渡江，直待至五时二十五分，车始东行，云意浓甚，窗外密雨。至无锡时，仍淙淙不止，冒雨下车，住无锡饭店，房价不昂而嘈杂颇甚，彻夜人声直接晓市，在他处仅见也。天极闷热，赤膊卧席上，重入夏矣。睡不佳。

十二日晨起，自至码头雇得舲风船，游太湖边。其舟用橹，略领水乡之趣。穿城河行，过蠡桥后，渐入清旷，出五里湖后，眼界顿宽。舟人指点蠡园梅园独山等处，径泊鼋头渚，时已近午，登岸游览苦热，亭台数处布置均佳。断崖插水，刻“包孕吴越”四大字。在舟中午饭，对渡小箕山，食未竟已到，广厅临湖，略堪凭眺。移泊梅园，以天热路不甚近，未入圆纵览，拟赶乘六时余车赴苏。舟入城河后，河路拥挤，不得已在莲蓉桥下船，与环相失，寻觅良久不得，至返旅舍始遇，而赶车已不及，无聊之至，饮冰吃饭，消磨时刻。过八时后赴站待车，又值大雨，冒雨过悬桥。此行辄遇雨，殊属不巧。抵苏十一时许，赴铁路饭店时，仍雷电交作，幸未雨耳。

十三日环不适，竟日闷居斗室中，至晚始勉强入城看三姊，晚饭后始返寓。环睡不佳，对付略得朦胧。是日心绪颇劣。

十四日晨九时在新雅仙吃虾仁饺子，赴车站接珣妹。

才入站车便到，偕返寓。下午同入城先至老宅，予作引导，至三姊处畅谈，至晚始行。姊自治肴馔可口，亦新添本事。发杭京信各一，睡着颇迟。

十五日起亦早，乘马车偕游虎丘，后至西园观五百罗汉，似较在灵隐者尤巨伟。留园池水浓碧，语润儿以“绿净不可唾”之谛。一亭临水，两老树荫之，景致绝佳，小坐始行，绕园中一匝，归已逾午未午食，以晨在冷香阁吃面已饱。小睡醒来，珣已留条入城先去，将改寓焉。至观前转至姊家，在松鹤楼叫菜四色至彼处吃晚饭。

十六日偕环至护龙街郑燕生医处诊视，郑年已六十余，前曾在马医科寓诊病，看得颇细，处方亦妥，吴下医家中之老辈矣。至幽兰巷，谒二姨母，出，至金太史场。下午偕姊至老宅，吾辈游息此屋尚在十八年前，十八年中未曾同到矣。由后门出，至城隍庙前今改名景德路矣。入郡庙瞻仰，予亦是初次。与环珣同步观前，在屠鸿兴刻牙铺前与彼等分路，在良利堂打药一剂，至护龙街为珣挂号，郑医处求诊者多，须隔日挂号也。仍晚饭后返寓，拟后日赴沪。

十七日十时入城至姊处，宝积寺访旧，塔倪巷近在咫尺，僧无识我者矣。忆儿时所见金刚似大于今日，无语裴回而出。下午约王啸缑表叔及二姨母游怡园，三姊亦勉往一游，此园树石池沼均佳，结构谨严似尚胜寒碧，赏玩移时，始各散去，独登北寺塔，生长吴下十六年中未一往，今始如愿。塔九级十八梯，登临一望，全郡在目，吴地人稠，故向南极目，唯见万瓦如鳞。西方则见虎丘塔及群山，北则田野，东则水光浮动，云系洋澄湖。下塔更至大殿一观三世佛，极巨伟，尚未毕工。北寺建自孙吴，云三吴首刹。晚饭后，姊辗转觅得一吹笛人翁松龄来，（富郎中巷二十三号）灯前小聚，唱曲如下：《折柳》（平环），《思凡》（珣），《学堂游园》（瑛环），《拾画》（平），曲终人散，忘却天涯萍絮矣，实则重会之期至近亦在来年，此夕固可思也。返舍已近十时，得娴致珣书。

十八日挈久儿赴幽兰巷祝二姨母寿，并晤麟兄，至姊处告别，约勾留一小时始行，门前登车有惜别意。至寓，饭后珣促行，即以马车二赴车站，待一小时车开。今日又雨甚，自发京师后行辄遇雨，可异也。二时二十分抵上海北站，约有人接而未见，冒雨雇汽车良久始得，抵娴寓，已三时半矣。派去相迓者并未接着也。雨甚兼风，彻夜不休。

十九日沪市有水在日升楼一带，报亦未送来。雨渐止。下午访徐孟乾姊丈于外滩十八号稽核所，返寓五时半。娴约赴大光明观《凤求凰》，此院新开不久，设备殊佳，片则平平。又邀至麦瑞晚餐，街市“年红”触处皆是，较往年又多矣。晚治衣上墨水迹，十一时半睡。

二十日上午环珣去购物。下午访圣陶於兆丰路开明书店并晤伯祥丐尊。在圣寓吃晚饭，座间有徐调孚章锡琛诸君。饭后雇汽车返寓。

二十一日上午偕环在南京路购物，午后小眠，浴。以娴珣昨均不适，五时半偕环至北站接许二妹七弟准点到，谈至十二时睡。

二十二日写三姊信，午后邀许七至大千世界“仙霓社”看《荆钗记》及《折柳》做得不见佳。牙根肿颇剧，觅一医割之，良已，牙疾已逾一星期矣。本想请伯祥圣陶在杏花楼吃晚饭，乃被伯祥作了东去，可笑也。同在马路上闲步吃冰，后在电车站分手，十一时半睡。

二十三日晨四姊属为其翁作贺联。许昂若兄来。今日天阴雨。下午环及七弟久儿去听昆剧，余因昨日戏不佳未往，又去看牙，一搽药水而已。在福禄寿饮冰而归。环等尚未返。晚环患腹痛，早眠。十时睡。

二十四日拟明日赴杭，发陈保珊快信。下午至大千世界看《偷诗》后，环等去理发，予返寓。二三四妹拟购物而尚未行，遂偕至永安。予先至福禄寿，环等已在。是晚予约小食，饭后偕环珣闲久儿又往观昆剧，适值倾盆大雨，抵场《楼会》已过，看《宋十回》《活捉》致佳，闲深誉之，时环珣已先归，并未得见。

二十五日晨八时半起，环等改下午行，予仍早行，天又雨，此次出行盖无不遇雨也。九时十五分车开，车中只吸烟二支，闲坐而已。十一时三刻在嘉兴站下车，葆珊及其妇均来接，寓香花桥亚东旅店，与葆珊别五六年，欢然道故旧，渠已六十须发尚黑。天阴雨，未出舍，而逆旅主人郑启澄君来，约在楼上唱曲。后雨略止，又约游鸳鸯湖，以小舟渡，烟雨楼品茗，云水迷离，树石苍润，不愧此名，昏暝始返。郑君待客殷至，约在全永泰酒家吃酒后，仍返舍唱曲，散已逾九时。是日竟日未离曲与笛，亦旅游中一快。郑虽业商贾，却纯朴爽直，并于曲有深嗜，其遇葆珊亦甚善。客去后校《认子》工谱，春间失去后心常不足，重过故书，殊可喜也。十时余睡，尚好。

二十六日七时起，保珊来，仍在楼上拍曲，并有一蒋君。郑邀午食，饭后即行，待良久始开。葆珊送我车站。今日天又阴雨，近午车开，一时三刻抵杭城站，径赴昂若处。因竟日雨，不能出门，间与许七拍曲耳。住湖滨八弄许宅之邻屋，屋相毗连，来往尚便，晚睡颇早。

二十七日雨止，偕环至花牌楼访劳组云表弟。在湖滨小坐。下午天色转阴，偕环珣闲润民雇船下湖，至湖楼，广化寺访体圆和尚，已作住持矣。绕至法公埠，天又雨，至安巢夕佳厂小坐，昔葬榉翠，小碣顷不存矣。归舟雨甚，抵寓万家灯火。

二十八日晴，以汽车至灵隐，登北高峰。午搭公车返，往返便捷，迥异往年。同游四人如昨。下午小睡，晚外姑宴客，予在昂若室中坐谈。

二十九日在湖滨第六公园小坐，下午以肩舆至南山谒外祖父母舅父墓，舅氏墓在杨梅岭下，偕环小立，怅恻久之。旋敬展右台祖茔。在法相寺后樟亭暂息，挈润儿观樟树，其夭矫奇伟之姿，不让泰安之唐槐而葱翠过之。归至大世界间壁王万兴晚饭，约珣来同吃，醉饱而归。是日许二妹伉俪来杭。

三十日下午至湖楼访申石伽，未值，搭划子而归。在冠生园晚饭。理发。是日二姨母王麟伯来杭，与麟兄谈。午夜许六夫妇来杭。睡甚迟。

十月一日午前偕麟伯散步湖边，以舟至葛荫山庄，在楼外楼吃醋鱼莼菜，其结果又麟伯作东。至湖楼访石伽，并晤其友刘君，搭公共汽车之灵隐，憩韬光径，山色泉声，四遭竹树，固胜地也。以麟拟赶晚车行，故即返寓。晚刘厚丞娴挈三小儿来杭。饭后昂约唱曲，俞振飞吹笛，予仅度《折柳》“寄生草”一曲耳。

二日枕上闻雨声，中午雨止。午后三时偕许氏全家至葛荫山庄，为外姑馔寿，备有大世界之杂耍，山庄偏悬寿言，布置甚妥。晚啸緱丈徐絅章表弟来杭。月色清朗，未得玩赏，只偕啸丈在西陵小立俄顷耳。睡已午夜。

三日上午十一时至葛荫山庄，祝外姑六秩寿。午后照相。下午又微雨。日戏以《群英会》为较佳。晚戏章叔三舅之《醉酒》颇有工夫，但亦尚生疏。俞振飞之

《奇双会》自多昆小生味，惜配角不称耳。以《乌龙院》为劣。散戏已晨二时半，归寓入睡，近四时矣。

四日癸酉年中秋节，天阴晦有雨，今日葛荫山庄宾客公祝。傍晚去，偕娴厚吃冰后雇车往。备有戏法，戏法开场有杭音滑稽对话，颇有“狂言”味，特逊其朴雅耳，然仍富乡土风。入席时唱昆曲。悠扬可听。予歌《拾画》一支。饭后又唱曲，歌《惊梦》《折柳》。是夜归寓略早，而入睡仍迟。

五日下午有游九溪者，予未往。天微雨，以人力车经白堤苏堤而迄虎跑。沿途景色致佳，入虎跑后，林泉尤佳，在滴翠岩下品泉，池底四角各置一碗，备游人以铜子抛掷，碗之四周皆铜元而中独空，盖颇不易中，亦寺中一种收入。予等掷皆不中，环一掷中之。归途沿南山行，约略已绕湖一周，仍吃冰而归。晚李君约在王万兴饭，为与娴赌一东道而负。故邀同人享之，菜甚丰，饱而归。是夜早睡。

六日环小不适。下午二姨母挈久游湖去，予访组云于其寓，并与其弟组安偕，游吴山，计不到此十余年矣，在四景园吃著名之蓑衣饼，坐对钱塘，望过江山色青翠层层，偶有帆船。窗前一桂方花，颇足流连。略参观庙宇，下大井巷而归。是日许氏姊妹兄弟至杨梅岭顺游九溪，环未往。八时后，雨。

七日阴雨，以划子游三潭印月，予及许七未登岸，坐舟中傍岸而行。至月下老人祠，昔年所见题壁曾载《燕知草》者，尚依稀可辨，惜已残缺。兹为补录，其已缺者空之。

蝴蝶交飞江上春。花开缓缓唤归人。至今越国如花女。荡桨南湖学拜神。　入门先见并头莲。池上鸳鸯不羡仙。那得仙翁唤明月。年年夜夜照人圆。　多情对月仙能醉。恰遇林逋放鹤□。手种孤山梅百本。何如□□□□□。　西子含颦望五湖。苏台鹿迹混青芜。香云一舸随风去。为问当年事有无。 丁已仲秋（题名漫漶）

相隔又十余年矣。同游者均求签，予则否，曰卜以决疑，不疑何卜。在壁角题同游姓名一行。至自然居饭。安巢桂花正繁，登安吟楼有怀舅氏，环怆然涕下。夕佳厂小坐即返。因昂兄夫妇约在寓吃蟹，晚未出游。

八日外姑命观潮，同游者十五人又二小孩，分乘汽车三，中国旅行社代办，每车价二十六元，近十时半出发，沿路竹林如弄，约十许里，道路平坦。过海宁城外而抵八堡，已将正午。在看台上大嚼携去之面包火腿。是日为八月十九，一时半潮始至，只数尺耳，唯形势似较昔岁在海宁所看者略好，以此地眼界开阔耳。距杭一百有八里，看二潮到后，即就归途，在竹径下车，厚为摆影。返寓后又偕作湖上游，值密雨，望坚匏别墅未登，厚娴自去，天色已暝，船篷渗漏，衣履沾濡，登放鹤亭避雨，藕粉稀薄难吃。至新新旅馆，待在坚匏别墅登岸者，久之始至，聚餐而返，易小舟为汽车矣，为雨故。拟明日公宴昂若。

九日以同人迟眠者多，致游事辄始于日晡。今日许六约作上午之游，同行者其小姨钱女士，过旅行社见有明日游富春江之举，即购票，价六元，本拟游江干云栖，因此变计，以人力车行。游招贤寺，岳王庙。玉泉观鱼，并览珍珠细雨二泉，正值晴空，细雨弥佳。昔游清涟，未曾注意及之。绕栖霞山背至黄龙洞，路不甚好走，黄龙洞昔荒废，是以客圣湖六年未得一游，今则轮奂之美甲於北山矣。游黄龙洞，（天龙洞?）与卧云洞，下坡向道士觅食，延入客堂，前有桂花，后有芭蕉喷水，极宏敞，款以肉丝面。是日逢戊，道家有戊不朝真之说，大殿上一碑示之。步游紫云洞金鼓间。金鼓殊局促，亦聊补昔年之缺耳。循宝石山下返寓，同人正拟作晚游，环应劳宅之宴亦初返，即偕行，在坚匏别墅门口停车，呼厚丞夫妇，而娴独下，厚不得行，遂至灵隐，此次盖三游矣。吃馄饨，登大殿。更偕游江干，循六桥而南，江上幕色渐苍然矣。归途为四妹觅失去之帽，余等一车复折回灵隐。大殿上正作晚课，取帽及卷烟而返。晚公宴昂若夫妇于宴宾楼，主人十二。是日闻有求签于猗园者，谈言微中，洵不愧月老矣。

十日晨五时起，六时到旅行社，同游者仍如昨日，以公车至三郎庙，马头极修整，不须踏长跳板矣。乘振川轮至桐庐，六元之票为普通位，亦甚整洁，然眺望不畅。后上舱面，眼界顿宽。七时开船，溯江而上，正午抵桐君山下，在此换民船，以小汽舟江平号拖带之，方舟而行。舱中黑而闷，船头多人拥挤，又值晴日当空，颇苦烦热。近七里泷始佳，行不久即泊钓台下，其台与西台对峙，颇高峻。入严先生祠，许六登西台，予不能从也。及人返船，已逾三时，径转舵下水。七里泷之胜始于钓台，今由此转船，大有正看长卷快意忽被人夺却之憾，曰留不尽之兴为重来之券，则亦未可必也。在船头顾盼江山，清雄如画，此地先曾祖昔年屡经，且有卜居之意，迄未果。今匆忙投帖，山灵笑人矣。抵桐庐已五时许，振川号尚未来，闲步街市，在李裕顺吃面，楼面临江，眼界亦好。桐君山下水有一处忽清绝，与江水异，想是别浦。六时后船开，以江黑无月，止可兀坐室中，喷烟吃零食而已。十时一刻抵马头，三刻返寓。此次时间经济均省，惟不甚畅。睡逾午夜。

十一日上午偕环至清河坊一带购物，食于青年会，情形尚与前仿佛。四时三刻从二姨母至湖上，在俞楼晤石伽，刘君以一书见惠。舟出西泠而归。一时睡。雨。

十二日天阴，有时略透晴色，拟明日成行。上午申石伽刘东明来访。下午在旅行社购票，浦轮口渡尚无确期。偕许氏姊妹访茹香，未值；晤其夫人，至商品陈列所购物。晚昂宴同人，聚丰园菜，颇好。明日珣妹约作西溪游，亦忙里偷闲矣。十二时睡。

十三日九时余游西溪，先至松木场搬两舟行，芦荻尚紫，柿实已丹，沿溪有清旷致。至茭芦厂，重省旧题，有己未年舅氏题名及一九二一年予偕佩弦题名，兹为重题而去，食于秋雪庵，食物是带去的。更拟游花坞，以时促，匆匆返舟，四时余返寓。六时至城站，珣及厚丞相送。许六七赴南京亦同行，车中颇不寂寞。十一时抵上海北站，以行李须转票，又忙碌一番始定。上沪宁车，各得一座，有时尚可假眠。苏州无锡等处均朦胧过之。

十四日醒来抵镇江。许六七去下关，予等八时渡江至浦口待车，二小时始来，得一室颇舒适。十一时车北行，午食后即小眠，补偿昨日之困。晚八时余抵徐州即睡，颇好，稍凉耳。

十五日七时抵济南而起，下午四时半抵津总站，下车闲步街市，在新陆春吃饭。复进站待车，车到只一分钟即行，以未脱车为幸。晚八时四十八分抵前门，两亲饬人来迓，抵寓安吉。北方终较南方气候稍凉。

许闲若藏同人手钞临川四梦谱跋

曲乃乐府之一体。尝谓元杂剧与《琵琶记》实为双绝，得临川四梦鼎足而三，遂成一代之文章，余耽之有年矣。闲若表弟喜有同嗜，遇鸳湖陈君延甫年六十余，精研剧曲数百折，绰有渊源，而吾侪所肄才什之一二耳。居尝叹其浩瀚，惧其放佚，欲理董之而力不逮。今兹闲若将有远行，行有日矣，选四梦通行之剧若干折，属谷音社社友分写之，不特京国嘤求之念，而海天廖廓，旅夜未央，披文则丹墨犹新，读曲则四上竞气，亦一消遣法也。同人既各有所赠，莹环为抄“花报”“瑶台”。余拘牵俗事几无以塞责，《紫钗》“七夕”一折传唱甚稀，唯《红楼梦》第十八回元妃所点“乞巧”疑即此出。兹用叶谱酌加小拍，为君书之，草草不恭，殊可恨也。音节近《伯喈》“赏秋”而排场较幽静。文辞则《紫钗》所独，他人固万万不到，即其他三梦中亦无此等秾艳。

四梦有四种笔墨绝不相因，斯已奇矣，而复有异样之脂饧粉涴，疑幻疑真，才不可测也。昔释丽娘一梦尚未卒业，今欲兼详四梦岂可得乎。且期卒吾业于斯，裱褙之工将不赀，闲弟虽或不以为苦，而捆载尔许之小册页以下海舶，吾恐英伦之房东娘娘将啧啧叹异咤为希有矣。丙子夏五识。

长方箱

美国哀特格·爱伦·坡作（Edgar Allan Poe）

吾庐译稿

几年前，我在一只漂亮的小邮船“独立号”上买了票，从南卡罗林那的却而司顿到纽约城，船主是哈代。天气好的话，我们预备在那月（六月）十五号开船。十四那一天，我上船去看看舱位。

我一打听，知道有很多的客人，女客特别的多。在乖客单上有几个我认识的人，其间我看见华忒君的名字，觉得很高兴的。他是一个年轻的艺术家，与我友谊很厚。在C大学同学时，我们相处多年。他有艺术家的通常气禀，愤世善感热心的混杂。在这些性质上，他又加之以异乎常人的温厚和真诚。

我看见三间舱门上都是他的名片；再去查乘客单，有他本人，太太，他的两个妹妹。论房舱开间不小，每舱上下两铺。这些铺位固然很窄不能容一个人以上；我依旧不能了解为什么四个人要三间房舱。那时我正有那么一种沾滞的心情，特别喜欢考究细节；我很惭愧，对于房舱太多这件事曾起了种种不大正当无理由的推测。当然，这关我什么事呢，但我还是固执地要用全力去解决这个闷胡芦。后来得到一个结论。我想，“自然，这是一个用人。早一点不曾想着这么明白的解决，我多笨！”于是又去看乘客单，但是我分明看见他们这一行并没有预备带用人来；虽然，原来是要带一个的，因为“and servant”这两个字是写上而又划掉的。“喔，一定是额外的行李，”我对自己说：“有些东西不愿意搁在货舱里，要在他自己的眼前守着，——阿，有了，一幅画之类罢，大概这就是他最近和意大利犹太人尼可林诺讲价的东西。”这一说我很满意，把好奇心暂时撇下了。

华忒的两个妹妹跟我很熟，她们都是极可爱而聪明的姑娘。他的太太是新娶的，我还没有见过呢。可是他常常在我面前，用他平素的热烈的情调讲到她。说她有过人的美丽，敏慧与才能。所以我急于要想见见。

在我看船的那一天（十四）船主告诉我，华忒他们也要来的，于是我在船上又多等了一点钟，希望可以介绍见他的新人；但是不久有话来道歉。“华夫人有点不舒服，直要等明早开船的时候才能来。”

到了明天，我从旅馆向码头上去，哈代船主迎着我说，“因故”，（一个很笨而又便当的说法）“他想两天内独立号大概不会得开，等一切都弄好了，他送信上来通知我。”我觉得有点奇怪，那天有正好的南风；但是缘故既不说，虽然空盘问了一阵，没有法子只得回去，而在闲暇中咀嚼我的不耐烦。

差不多有一个礼拜没有接到船主那儿的预期的信息。可是，到底来了，我立刻就上船。船上挤满了乘客，一切都在忙着预备开行。华忒他们来在我到后的十分钟，两个妹妹新夫人和他自己——他似乎又在发作那愤世嫉俗的癖性，我却看惯了，并不去特别理会他。他竟不介绍我给他的太太，这仪节只好轮到他妹妹玛琳，一个很甜甘聪明的姑娘，她用匆匆数言使我们相识。

华忒夫人严严的蒙着脸，当她回答我的鞠躬取去面幂时，我敢说我深深地吃了一惊。假如没有长期的经验告诉我不要过于相信华忒对于女人的赞美，那么许还要诧异得多。谈到美丽，我很知道他是容易冲举到纯粹的理想中去的。

事实是我不能不把华夫人看作一个姿首很平庸的女人。即使不算真丑，我想她离丑也不很远。她可是穿着得很秀气，无疑她是用灵和智的美把我友的心给迷住了。她寥寥数语后，就同了华君到房舱里去。

我以前的好奇心可又回来了。用人是没有的——那毫无问题。于是我就去找额外的行李。耽阁一忽儿，一辆板车载着一只长方的松木箱子来到码头，好像这就是期待中的一切。它一到，咱们马上开船，不久就平安出口向海中去。

所说的箱子，是长方形。它大约是六尺长，二尺半宽：曾注意地考查过，我向来是子细的。这形式是特别呢；一看到它，就自信我猜得很准。我曾经得到结论，总还记得罢，我友艺术家的额外行李，一定是些画儿，或者至少是一件；因为我晓得在那以前几个礼拜中他和尼可林诺磋商过；而现在这儿是一个箱子，从它的形象看起来，大概没有别的东西，只是一件利奥那度《最后晚餐》的副本；这个副本是佛罗林司的小罗比尼临的，我早就晓得在尼可林诺的手里。这一点我以为完全解决了。我想到我的聪敏，不禁吃吃失笑。这还是初次，发觉华忒背着我弄他艺术的顽意儿；但是这儿他公然要暗占便宜，在我眼鼻之下偷运一件名画到纽约去；打算使我一点也不知道。我决意要好好的嘲讽他一下，总有这么一天。

可是，有一件，使我为难得不小。这箱子并不到那额外的舱里去。把它放在华忒自己屋里；就此也没有移动，差不多把全舱面多占满了，无疑这对于他们夫妇是怪不舒服的；尤其是用柏油和漆写的湾湾曲曲的大字母，发出一种强烈而不好闻的，依我的幻觉，有点使人作呕的味气。箱盖上漆着这些字：“考尼刘司华忒老爷转交纽约省阿尔拜奶城阿地来特客替司太太收。此面向上。

小心莫碰。”

我早知道阿尔拜奶城客替司太太是华夫人的母亲，可是现在我把这人名和地址，都看作特意为瞒我而设的。我便断定这箱子和里面所装的，决不会带到纽约羌般司街我友的画室再往北一点儿。

虽然头三四天是逆风，我们却有很好的天气，当海岸看不见时，风已转为北向。因此乘客们意兴很好，都愿意彼此联欢。以华忒和他姊妹举止这样的峭厉，不客气我一定得把他们除外。华忒的行动我倒不大理会。他原比平常更加沈闷了，实在是忧郁；但他这样乖僻，我早已抵桩好的。可是那姊妹俩呢，我却不能为她们说辞。在大半的旅程中，她们老把自己关在房舱里，虽我屡次去恳求，依然绝对拒绝和同船的任何人来往。

华夫人可好得多多。这就是说，她是爱说话的。爱说话对于海行却非小补。她和一大半的女太太都十分托熟；而且我深以为异，她流露出不含胡的倾向，冲着男人们卖俏。她很能娱悦我们大伙儿。我说“娱悦”，其实也不大知道怎样说明我自己才好。不久我就找着这个真相，华忒夫人是招笑的时候多，大家同她笑的时候少。男人们不太讲到她；太太们呢，不久就说她“好心田，相貌平常，完全没受过教育，很俗气。”最可怪的是，华忒怎么会陷到这种配偶里去呢。钱是普通的解释，但是我知道这一点不成为解释；因为华忒告诉过我，她既不曾带来一块钱，也别无任何来源的希望。他说，他结婚“为着爱，且只为着爱；”而他的新娘远不止值得他的爱。当在我友的身上想起这种说法，我觉得莫名其妙起来。他怎么会迷胡了呢？以外我又能想什么？他，这样一个精致的，聪明的，眼力很高的人，对于错误有这样灵活的感觉，对于美好有这样敏锐的欣赏。的确这位太太好像非常喜欢他，特别是背着他的时候，常常要说那“可爱的丈夫华先生，”使人不由得要笑。“丈夫”这两个字好像永远——永远挂在嘴边上。同时呢，船上人都看出来了，他在机伶地躲避她，而把自己老关在舱里，实际上可以说完完全全住在里面，让他妻子充分自由，随心所好，在大餐间里和众人一块儿乐。

从所见所闻，我的结论是，这艺术家因运命中某种不可知的突变，或者一阵激烈的幻觉的热情之发作，遂将自己与一完全在他之下的人去结合，而这自然的结果，完全而迅速的憎恶，跟手就来了。我从心眼里可怜他，但还不能因此就十分原宥他把《最后晚餐》秘不见告这件事。为此我决意要报复一下。

有一天他到甲板上来，我依平日的习惯挽着他，来来回回的走着。可是他的忧郁，（我想在这种境遇之下，这是很自然的，）好像一点也没减少。他说话很少，有点嫌烦，而且很勉强。我冒昧说了一两句顽笑，他很痛苦地挣扎着笑了笑。可怜的家伙！一想起他的太太，我很奇怪他居然还有心肠装出快乐的样子，我终于冒冒险去触着他的秘密。我决意要开始说一串关于这长方箱子的嘲讽，好让他渐渐明白我并非完全是个傻瓜，被他那种小巧的手法所愚弄的，我第一步的办法是揭穿他。我只说到一点那箱子形状的特别；说这话时故意作笑，眨眨眼，轻轻地用中指在他肋骨上碰了一下。

华忒听了这种没要紧的顽笑，他这样子使我相信他是疯了。起初他直瞅我，仿佛不懂我的俏皮谈话，后来好像渐渐地在理会，他眼睛也随着要从眶里突了出来似的。脸涨得很红，又转为可怕的惨白，又仿佛我这嘲谑使他快活得不了，他忽高声狂笑，正惊诧中，他却笑得不止，劲儿愈来愈大，足足笑了十分多钟。临了他沉重地摔倒在甲板上。当我去扶他时，完全像死了。

我赶紧去叫人，费了无数手脚，我们才把他弄醒，醒时他又说了一阵胡话。后来我们给他放血，安置在床上。次早，从体力方面看，他可以算是复原了。自然关于精神方面，我姑且不说。以后在船上，我因船主的劝告，老是避着他，船主好像也跟我同意，说他有神经病，但是警告我不要把这事对船上的任何人说。

在华忒发病之后，跟着又有些情形增高我原有好奇心。我且说这个，我那两天神经不宁，又喝多了酽的绿茶，晚上睡不好，——有两夜我压根儿不能说睡。我的舱门通大菜间，正和船上别的单间一样；华忒的三个房间在后舱，后舱与大菜间以一轻巧的拉门隔之，就是夜里也不上锁。风老是刮，而又很硬，船颇向下风侧着。只要船的右舷一在下风，两舱之间的拉门就此滑开了，也没有谁肯费事拉起来，把它关上。我的床位可巧是这么一个位置，只要我的舱门一开，（我因为怕热，老敞着门）而所说的拉门也开了，那我就能很清楚地直看到后舱，正当华君的几个房舱这一部分。那两夜（不是连接的）我清醒地躺着，分明看见华夫人每夜大约十一点钟，小心地从华君的舱里偷出走进那额外的一间，就此待到天亮，等华君来叫她方才回去。这分明在实际上他们是分开住的。他们各有卧室，大概是在准备永久的离婚；因此我想，这就是额外房舱的秘密了。

另有一种情形，使我很感兴趣。在那不曾睡的两晚上，当华夫人走进那间空屋，华君那儿就有一种奇怪的，子细的，做忌①的响动，引起我注意。用心听了一忽儿之后，我终于能够完全译出这个意味来。这是一种声音，是他用锤凿之类去撬开那长方箱——锤子的头上，用毛织物或棉料所密裹的。

细听中，我幻想我能分辨什么时候把箱盖打开，也能决定什么时候把它完全移去，什么时候把它放在下铺上面；譬如他要轻轻地放下箱盖时，（舱面上再没有余

① 做忌原文是“subdued”。

地）在床位的木框上微微地一碰，我就知道了。此后就死一般地寂，这两晚上直到天将破晓，我都不曾听见别的；或者，除非我可以说有一点，低低的呜咽或者咕唧的声音，简直低得听不大见，假如这些声音不出于我的想像。我虽说这有点儿像呜咽和叹息，但是自然，二者都不会是的。我宁以为我自己的耳朵响。无疑，华忒又在恣赏他的心爱物，狂过他艺术家的瘾。他打开长方箱，以其中图画的珍奇来饱他的眼福，这儿反正没有什么可以呜咽的。所以我敢申说，这一定是我自己的幻想，被好哈代船主的绿茶激发了在那边作怪。天将破晓时，我清晰地听见华君又把箱盖在长方箱上用裹着的锤子把一些钉子顶入原洞。这个做好了，他就穿得齐齐整整从舱里出来，到那房舱去叫华夫人。

我们在海中七天，现已过经海脱拉角，其时从西南方来一阵了激烈的风暴。我们已有几分料得到，因为天气曾有好几次露出险状。高高下下，一切都已弄很紧密，风力渐大，我们只得抢风而进，把前帆后帆都双重缩起。

在这般装束中，我们安安稳稳地走了四十八点钟，从许多方面都显出这是一只极好的海船，偶然渗进点水也没甚关系。可是这一阵过后又转为飓风；后帆于是一条一条地碎裂下来，我们陷于浪谷之间，几个大浪一个紧接着一个打上船来。这么一下子，我们有三个人落水，并损坏了厨房及左舷上整个儿的船板。当前帆破裂时，我们恰巧清醒过来，就扯上备风的三角帆，颇能对付了几点钟，船破浪而去，倒比以前更加坚稳。

大风还在刮着，我们也看不见减退的信号。船上的绳索渐渐的离了位，而又绷得过度；风起后的第三日，下午五时光景，我们的尾桅被风刮歪了，倒在船边上。因为船摇晃得很利害，我们费了一点多钟要去掉它，还是不成；其时木匠到船梢来报告底舱有了四尺水。在这“二难”之外，我们发见排水筒已都不灵，差不多是没用了。

一切在混乱与绝望中，但是还要努力，去抛却所有的货物，割断两根犹在的桅樯，以图减轻船重。这个我们终于成功了，只是把那些唧筒毫无办法；同时呢，渗漏迫着我们，愈来愈快。

日落时，大风的狂暴顿减，海波也随着平下去，我们还有一些微弱的希望，用小艇来救自己。晚八点，风吹云散，我们借得圆月的光，一点佳兆，振起我们沈沦中的精魂。

费了无穷的力，我们总算成功，把长舢板放下去，也没有什么磕碰，水手全体和大部分的乘客都挤在这里面。这一组马上就划开了，吃了许多苦，在遭难的第三天，才安抵恶克拉可克湾。

留着的十四位乘客以及船主，决计托命于船尾的小舢板。我们虽轻轻容易把它放下，而触着水面时，侥天之幸才算没有沉。这儿共计船主夫妇，华忒一家子，一个墨西哥的官和他夫人四个小孩，我和随带的一黑奴。

自然我们没有余地带别的东西，除了少许绝对必须的用具，一点粮食，身上穿的几件衣服。谁都想也没想再去抢出别的东西。最可诧的是，已划出距大船数“法丞”[①] 之后，华君在船尾座中立起冷冷地要求哈代船主把船放回，去取他的长方箱子。

“坐下罢，华先生，”船主回答，有一点严厉；“假如你不静静地坐着，你要把我们全翻下去了。我们船沿差不多在水里了。”

“那箱子！”华先生还是站着嚷，“我说，那箱子！哈代船主，你不能，你不要拒绝我。它的重量不过一点儿，不算什么——简直不算什么。看你生身母亲的面上——为着上天的仁慈——你将来总要也到天上去的，我求求你把船放回取那箱子！”

这船主，好像一霎间为这艺术家的诚恳的央告所感动，但立时恢复他严厉的冷静，只说：“华先生，你疯了。我不能依你。我说，你坐下，否则你要把这船弄翻了。站住！拉住他，捉住他，他要跳水！——看——下去了！”

船主说话的当儿，华君已从小船里跳出，我们还在

① 一法丞六英尺。

破船的“风荫”（lee）下，他以超人的努力居然一把抓住由船首铁链下垂的长绳。转瞬他已上了船，狂热地向舱房里冲去。

其时我们被风扫过船尾，早离开了她的荫护，于狂澜犹激的大海里挣扎性命。我们以决然的努力摇回去，但这小舟在风暴的呼吸间轻如片羽。我们一眼瞧到这薄命艺人的结局被判决了。

我们距破船愈来愈远，那疯子（我们只能如此称他）在船长室外的胡梯上出现，仗着其大无比的力，他亲自把那长方箱往上拖。当我们极端诧异地注视着，他把三寸来粗的绳索，急急忙忙先在箱子上，后在自己身上绕了几周。又一转瞬连人带箱皆入于海，立刻，也是永久的不见了。

我们愀然住桨，片晌留连，呆觑着那一答。终于引去了。默然不语有一小时，到后来我大着胆说：

“船主，你看见没有，他们沈得多们快呀？那不是一桩非常奇怪的事吗？我敢说，当我见他把自己捆在箱子上，往海里跳的时候，还有一线的希望，望他得救呢。”

“沈是一定的道理，并且还快得像飞箭一般。可是，他们一忽儿还会起来呢——除非等盐化了。”船主答。

“盐！”我嚷。

“别则声！”船主点点那死者的妻和妹妹。“在较适当的时候，咱们再谈这些事罢。”

我们吃了不少的苦，死里逃生；总算运气帮忙，和在长舢板上的同伴一样。经过四天非常的艰辛，我们终于在罗诺克岛的对岸登陆，简直不大像个活人。我们留在那儿一星期，也没有吃人家什么亏，后来又得一船位往纽约。

大约在独立号失事一个月以后，我偶然在宽街碰见哈代船主。我们自然而然讲到这次的遭难，特别关于可怜华忒的不幸。我方才知道以下各点：

那艺术家为他本人，他太太，两个妹妹，一个用人定了船位。他夫人的确是，照他所表白的，一个最可爱最能干的女人。在七月十四早晨，（就是我头一次看船之日）她一病而亡，那年少的丈夫悲哀得发狂，但是环境绝对不许他迟延纽约之行。这是必须把他爱妻的尸骸带给她母亲，另一面呢，一般的成见不让他公然这么办，是很明白的。假如船上带着个死人，十分之九的乘客都要退票。

在这进退两难之中，哈代船主想了个主意，把尸首先约略用香料制过，放在一只尺寸相宜的箱子里，盛着多量的盐，当作商品往船上搬。她的死既然一点也不说起，而大家又都知道华忒君为他太太定了船位，那就必须要有个人在一路上装扮她。她的一个使女，容易地被说服来干这个。那额外的房舱，在她生时原是为这个姑娘预备的，现在也就留着。这位假太太自然每晚来睡在这屋里。在白天，她尽她的能耐，照她主妇的身分去做一切。在船上已子细查过，那些乘客们没有一个认识华夫人的。

我自己的过失，不用说，是由于太鲁莽，太爱管闲事，太由性的脾气。但是此后晚上好好儿睡，简直是少见的。有这么一张脸，无论我怎么转侧，总是缠着我。有这么一种“歇斯替里亚”的笑老在我耳朵里响。

二十年一月九日大风寒中。

忆初移居“秋荔亭”，许氏昆仲均在西郊，骙就学燕京，闲清华，晨夕过从，于“红屋”中明灯谈笑，间或共读小说，致足乐也。此稿即其时旅中消遣之一，欲以共同之努力致之“吾庐”者，承叶公超兄看过，并为刊诸《新月》三卷七期，即署“吾庐译稿”。转瞬五六年，骙已南去，闲将远行，而世变愈亟，民生愈瘁，图南之志虽属可喜，而萍絮前因殆将自此而日远矣。昔之欢游既不可再，将来之事遥远无凭，适《燕郊集》将成，爰录存此稿，以为他年卜邻之券。真正《燕郊集》中文字恐亦仅有此耳，二君其勿笑我否？

二十五年四月二十五日记。

良友文學叢書之七

母親

丁玲創作

這是寫前一代革命女性的典型作品。作者以一九一一年辛亥革命爲背景，敍述自己的母親在大時代未來臨以前，以一個年輕寡婦，在舊社會中遭遇了層層的苦痛和壓迫，使她覺悟到女性的偉大使命，而獨自走向光明去。

全書多十餘萬言洋裝布面乳黃道林紙精印每册大洋九角郵費國內二分半國外二角半

一九三三年六月出版

旧版《良友文学丛书》广告页

良友文學叢書之六

剪影集

蓬子創作

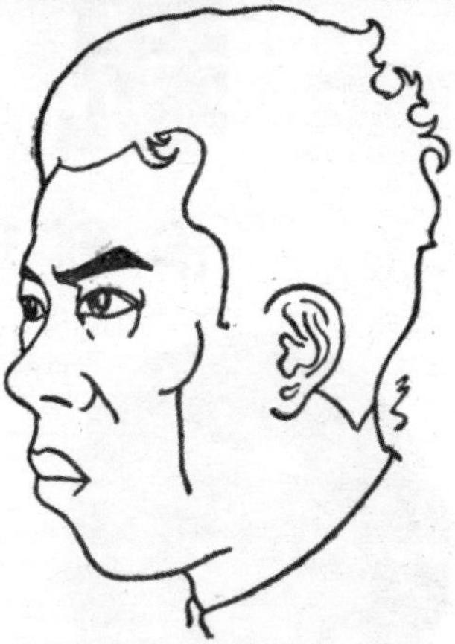

每一個短篇，是作者從實際社會裏挑選出來的人物的剪影，有遭逢暴擊的紳士，有覺悟了偉大使命的青年，有希冀別人上場而自己躲着麻醉的少女，全書是今日中國社會的一幅剪影。

二百五十餘頁
黃道林紙精印
軟布面洋裝訂
每册大洋九角
郵費國內二分半 國外二角半

一九三三年五月出版

旧版《良友文学丛书》广告页

良友文學叢書之九

善女人行品

施蟄存作

這是作者最近脫筆的一個短篇集，雖然還是那一枝纖巧的筆，但描寫的對象及目的却不同了。本集中包含小說十六篇，每篇描寫着一個或數個女子的心理及行爲，有充滿了詩意憂鬱氣氛的「殘秋的下弦月」，有明朗輕快的「港內小景」，有形式新鮮的「蝴蝶夫人」，以及其他許多未曾發表過最近作。

二百五十餘頁
黃道林紙精印
軟布面洋裝訂
每册大洋九角
郵費國內二分半 國外二角半

一九三三年九月出版

旧版《良友文学丛书》广告页

良友文學叢書之八

離婚

老舍創作

作者是中國特出的長篇小說家在獨創的風格裏，蘊蓄着豐富的幽默味。本書都十六萬言，作者自己在信上說過：「比貓城記強的多，緊湊處更非二馬等所能及。」全書最近脫筆，從未發表，是一九三三年中國文壇上之一大貢獻。

三百二十餘頁
黃道林紙精印
軟布面洋裝訂
每冊大洋九角
郵費國內二分半 國外二角半

一九三三年八月出版

旧版《良友文学丛书》广告页

图书在版编目（CIP）数据

燕郊集 / 俞平伯著. — 北京：中国国际广播出版社，
2013.1
（良友文学丛书）
ISBN 978-7-5078-3530-4

Ⅰ. ①燕… Ⅱ. ①俞… Ⅲ. ①散文集－中国－当代
Ⅳ. ①I267

中国版本图书馆CIP数据核字（2012）第266007号

燕 郊 集

著　　者	俞平伯
责任编辑	张娟平　杜春梅
版式设计	国广设计室
责任校对	徐秀英
出版发行	中国国际广播出版社（83139469　83139489[传真]）
社　　址	北京复兴门外大街2号（国家广电总局内）
	邮编：100866
网　　址	www.chirp.com.cn
经　　销	新华书店
印　　刷	环球印刷（北京）有限公司
开　　本	620×920　1/16
字　　数	98千字
印　　张	13
版　　次	2013 年 1 月　北京第一版
印　　次	2013 年 1 月　第一次印刷
书　　号	ISBN 978-7-5078-3530-4/I・398
定　　价	38.50元

CRI 中国国际广播出版社　欢迎关注本社新浪官方微博　官方网站 www.chirp.cn

人文阅读与收藏·良友文学丛书

(1)	鲁　迅　编译	竖　琴
(2)	何家槐　著	暧　昧
(3)	巴　金　著	雨
(4)	鲁　迅　编译	一天的工作
(5)	张天翼　著	一　年
(6)	篷　子　著	剪影集
(7)	丁　玲　著	母　亲
(8)	老　舍　著	离　婚
(9)	施蛰存　著	善女人行品
(10)	沈从文　著	记丁玲
	沈从文　著	记丁玲续集
(11)	老　舍　著	赶　集
(12)	陈　铨　著	革命的前一幕
(13)	张天翼　著	移　行
(14)	郑振铎　著	欧行日记
(15)	靳　以　著	虫　蚀
(16)	茅　盾　著	话匣子
(17)	巴　金　著	电
(18)	侍　桁　著	参差集
(19)	丰子恺　著	车箱社会
(20)	凌叔华　著	小哥儿俩
(21)	沈起予　著	残　碑
(22)	巴　金　著	雾
(23)	周作人　著	苦竹杂记　（暂缺）